貸し物屋お庸謎解き帖

百鬼夜行の宵

平谷美樹

大和書房

目次

◆人物紹介◆

庸(よう)……「無い物はない」と評判の江戸で一、二を争う貸し物屋・湊屋(みなとや)両国出店(でだな)店主。口は悪いが気風のよさと心根の優しさ、行動力で多くの味方を得、持ち前の機知でお客にまつわる難事や謎を見抜いて解決する美形の江戸娘。

幸太郎(こうたろう)……庸の弟。両親の死後、数寄屋大工の名棟梁だった仁座右衛門(にざえもん)の後見を得て大工の修業に励んでいる。

りょう……生まれず亡くなった庸の姉。童女姿の霊となって庸の実家に棲み、家神になるための修行をしている。

湊屋清五郎(みなとやせいごろう)……浅草新鳥越町に店を構える貸し物屋・湊屋本店(ほんだな)の若き主(あるじ)。「三倉」の苗字と帯刀を許されており、初代が将軍の御落胤であったという噂もある。

松之助(まつのすけ)……湊屋本店の手代。湊屋で十年以上働いており、両国出店に手伝いに来ることも多い。

半蔵(はんぞう)……清五郎の手下。浪人風、四十絡みの男。

瑞雲(ずいうん)……浅草藪之内の東方寺(とうほうじ)住職。物の怪を払う力を持つ。

綾太郎(あやたろう)……葭町(よしちょう)の長屋に住む蔭間(かげま)。庸に恋心を抱いている。

熊野五郎左衛門(くまのごろうざえもん)……北町奉行所同心。三十路を過ぎた独り者。庸からは「熊五郎」と呼ばれている。

橘　喜左衛門(たちばなきざえもん)……陸奥国神坂家(むつのくにこうさか)江戸家老。

山野騎三郎(やまのきさぶろう)……陸奥国神坂家家臣。

貸し物屋お庸謎解き帖　百鬼夜行の宵

凧、凧揚がれ

一

正月の一日。早朝から、貸し物屋湊屋両国出店は忙しかった。

貸し物屋とは、現代でいうところのレンタルショップである。生活必需品、ありとあらゆる物を貸した。湊屋は「無い物はない」というのが宣伝文句で、どんな物でも貸してくれると評判であった。

褌の替えがなくなったと蔀戸を叩いた常連客が一番目で、すぐに屠蘇の道具を借りたいと何人かが飛び込んできた。

元旦くらいはゆっくりしたいと思いながら、なかなかそうはいかない庸であった。

庸は両国出店の主。すこぶる口が悪かったので、毛嫌いする者も多かったが、「口は悪くても心根が真っ直ぐで気持ちがいい」と、常連になる客も少なくなかった。

年の頃は十七、八。番茶も出花の年頃であったが、いつも黄色の地に橙の三筋格子の小袖に臙脂の裁付袴を穿き、襟に赤で店名を縫い取った藍色の半纏を羽織るという色気のない装いであった。島田の髷の真ん中の赤い縮緬が唯一の飾りである。

初日の暖かい光は、昨夜の雪を溶かし始めているものの、店の中は冷え込んでいるので、庸は帳場と土間に火鉢を置いていた。

小さい影が動いたと思い、庸は帳場机から顔を上げた。

入り口に十歳ほどの童（わらべ）が立っている。継ぎ当てだらけの丈の短い絣（かすり）の着物を着て、拳を握りしめ、恐い顔をしていたが、目には怯（おび）えたような色があった。

「どうしてぇ？」

庸は声をかける。

「ここは何でも貸してくれるんだろ？」

声はちょっと震えていた。

「ああ。大抵の物はな」

「無い物はないって聞いた」

「まぁな」と言いながら庸は手招きする。

「そんなところに突っ立ってねぇで、こっちに入ってきて何を借りてぇのか言ってみな」

庸に言われて童はギクシャクと土間に入って来た。

「凧（たこ）の骨が借りてぇ」

「タコの骨だぁ？」

蛸（たこ）には骨はねぇぞと言いかけて、凧のことかと庸は思い当たった。

「凧が借りてぇのか。武者絵（むしゃえ）のいいやつがあるぜ」

「いや。骨だけでいいんだ。武者絵はいらねぇ」

「凧の骨だけを何に使うんでぇ？」

「そんなの、おいらの勝手だろう」

童が口を尖らせた時、松之助が奥から出て来た。本店から手伝いに来ている手代である。

「貸した物を悪さに使われたら大変だから聞くんだよ」

松之助が優しく言う。

「凧の骨をどんな悪さに使うってんだい」

「確かにそうだな」庸は笑った。

「納戸に破れた武者絵の凧があったな」

と松之助に訊く。

「ああ、ありました。持ってきますね」

松之助は奥へ引っ込む。

「さぁ、貸せる凧の骨がありそうだから、こっちへ入ぇりな」

庸がもう一度手招きすると、童はおっかなびっくりといった様子で板敷の前まで進んだ。

松之助はすぐに凧を持って現れた。水滸伝の九紋龍史進が描かれた凧である。史進が諸肌脱ぎ、棒術の棒を構えた姿を背中側から描いた絵柄で、龍の刺青が見事であった。だが、揚げた者がどこかに引っかけて、斜めに大きく裂けている。

凧には糸もついていて、松之助は片手に糸巻きを持っていた。

「これでどうだい？　骨だけが入り用ならすぐ剝(は)がすぜ」

庸が訊く。

「自分で剝がせる」

「それじゃあ、こいつは絵が破れたから捨てようと思ってたやつだから、くれてやるよ」

庸が言うと、童は顔を真っ赤にして言い放った。

「てやんでぇ！　おいらは物乞(ものご)いじゃねぇ！」

童の剣幕に庸は驚いて、謝った。

「こいつはすまなかったな――。じゃあ、幾ら持っている？　お前の言い値で貸してやるぜ」

庸が言うと、童は握りしめていた右手を開いた。そこには銭が五文載っていた。

「何日借りてぇ？」

庸が訊くと、童は少し考えて、

「四日か五日」

と答えた。

庸は帳場から出て板敷に座り、

「それじゃあ五日で五文だ。四日で返しに来たら、一文返(け)ぇすぜ」

と、童の手から五文を取った。銭は童の体温が移って、温かかった。

「お前ぇ字は書けるかい？」

「おっ母ぁに習ってるから、平仮名なら書ける」

「じゃあ帳簿に在所と名前を書いてくんな」

庸は帳場から帳簿と筆を取って童に渡した。

　ながはまちやう　でんすけたな　ちやうた

「長浜町伝助店の長太かい」

長浜町の長屋、伝助店には常連客がいるので知っていた。

童は庸の言葉に肯いた。

「それじゃあ、気をつけて帰りな」

庸は言って松之助を促す。松之助は長太に凧を渡した。

長太は大切そうに凧を抱くと、出口まで走り、クルリと向きを変えて庸と松之助に頭を下げ、駆け去った。

「凧の骨なんか、何に使うんでしょうね」

松之助が言った。

「自分で紙を貼って揚げるんだろうよ」

「凧をそのまんま借りるには銭が足りないと思ったんでしょうか」

「うん――。確かに五文じゃあ足りねぇが、ちょいと気になるな」

「悪さに使うんじゃないなら、調べなくてもいいじゃないですか」

松之助が眉をひそめる。

「お前ぇだって気になるんだろ」

庸は板敷を降りて草履（ぞうり）をつっかけて店を飛び出した。

二

溶けかけた雪の道を滑らないように少し走ると、すぐに長太の後ろ姿が見えた。

庸は距離を空けて後を追う。

長太は按針町（あんじんちょう）の小路を入り、長屋の木戸をくぐった。

庸は素早く木戸の側まで駆け寄る。

「おっ母ぁ、帰（け）ぇったよ」

長太は一番奥の部屋の腰高障子（こしだかしょうじ）を開けて飛び込んだ。

母と長太の会話が微かに聞こえた。何を話しているのかは分からない。

長屋のどこかから三味線（しゃみせん）を爪弾く音が聞こえた。常連客の志乃（しの）だと分かった。

庸は木戸をくぐって、長太の部屋から二つ離れた腰高障子の前に立った。

「お志乃。いるかい？」

庸は声をかける。

「三味線が聞こえてるだろ。いるに決まってるじゃないか」

気怠げな女の声が聞こえた。

庸は障子を開ける。

乱雑な一間であった。奥に重ねた柳行李に脱ぎ捨てた着物が何着も掛かっている。

万年床らしい布団の上に、二十五、六歳の襦袢姿の女が三味線を抱えて座っていた。

わずかに見える畳の上には汚れた食器が打ち捨てられている。

「何か頼んだっけ？」

志乃は三味線を布団の上にそっと置いて、煙草盆を取り上げ、煙管を吸いつけた。

志乃は宴席に呼ばれて三味線を弾くことを生業としている。実入りのいい仕事なのだが天性の不精者で、生活に必要な物はすべて両国出店に頼り、食事は棒手振が売りに来る惣菜ですませていた。

「いや」庸は魚の骨が載った皿を脇に除けて、腰掛けた。

「ちょいと内緒で訊きてぇことがあってさ」

「なんだい？　男のことかい？」

志乃は親指を立てて、鼻から煙を吐き出す。

「男っちゃあ男だが、この長屋の長太って子のことだ」

「ちっちゃい子に手を出しちゃ駄目だよ」

志乃はケラケラと笑う。

「そういう話じゃないってば。ウチに凧の骨を借りに来てさ」

「蛸にゃあ骨はないよ」

「空に揚げる凧の骨だよ」

「ああ、そっちかい――」志乃は煙管の灰を灰吹きに落とす。

「骨だけ借りてどうするつもりなんだろうね」

「それを確かめたいと思ってさ。真剣な顔して、五文を握りしめて来たんだ。何か事情があると思った」

「本人に訊きゃあいいじゃないか」

「教えてくれなかったから調べてるんだよ」

「話さなきゃ貸さないって言えばよかった」

「そんな酷(むご)いことは出来ねぇよ」

庸が言うと、志乃は目を丸くした。

「両国出店のお庸が、『そんな酷いことは出来ねぇ』だって？　あたしには散々酷(ひど)い口を叩くくせに」

「お前ぇみてぇにだらしねぇ女にゃあ、何を言ってもいいんだよ。ああいう、なんていうか、見るからに一生懸命頑張ってるって小僧には弱いんだよ」

「お庸の中にオバサンがいるよ」

志乃は大笑いする。

「しっ。静かに。聞こえちまうだろ」

庸は口元に人差し指を立てる。

「で、何を話しゃあいい？」

志乃は涙を拭い、腹を掌で撫でながら笑いの余波を抑える。

「どういう家の子だい？」

「おっ母さんと二人暮らしさ」

「お父っつぁんは？」

「大工だったが、去年仕事中に屋根から落ちて死んだ」

「そうだったかい――。で、どうやって食ってるんだ？」

「おっ母さんが仕立物をして。長太のほうは紙屑拾いなんかして小銭を稼いでいたが、どこかのお店に奉公に出ることが決まったって話だった」

「いつから？」

「来月だったかな」

十歳頃に雇われてお店者になると、まず○吉、○助など店での名前をつけられ、縞木綿のお仕着せと前掛けを与えられる。

十五歳頃に前髪を落とし、若衆となって大人の名前を与えられる。

十九歳頃に手代になり、小頭、組頭など店の役職を任されるのが三十代。四十代で番頭になると、住まいを外に持ち嫁をとることを許される。暖簾(のれん)分けは五十歳近くになってから――。

　休みは盆と正月の藪入り(やぶいり)だけ。

　そういう年月が待っている。

「そうかい」

庸は腕組みをした。

頭の中に手掛かりが渦を巻いて、やがて形を取り始める。

外で戸が開く音がした。足音が井戸のほうへ向かう。

庸は腰高障子を開けて井戸のほうを覗いた。

長太が盥(たらい)に水を汲んでいた。おそらく凧の武者絵を剝がす準備であろうと思った。

盥に水を満たすと、長太は腰を反(そ)らすようにして重いそれを部屋に運ぶ。

「邪魔したな」

庸は志乃に言って外に出ると、長太の部屋の側まで寄って中の様子をうかがった。

『おっ母ぁ。手拭(てぬぐ)い借りるぜ』

長太の声が聞こえ、手拭いに含ませた水を絞る音が続いた。

濡れた手拭いでポンポンと凧を叩く音。

骨と武者絵を貼りつけている糊(のり)をうるかそうとしているのだ。

手こずるようなら手伝ってやろうかと思っていたが、これなら大丈夫そうだと庸は立って木戸を出た。

三

「どうでした？」

松之助は戻って来た庸に訊いたが、ちょっと首を捻る。

「どうでしたって訊くのもなんだかおかしいですね。怪しい奴を追っかけて行ったんじゃないから」

「まぁな」庸は松之助と交替で帳場に座る。

「志乃の長屋に住んでる童だった」

「へぇ、志乃さんの」

「志乃に話を聞いてきた――」

庸は子細を語る。

「――なら、自分で紙を貼って凧を飛ばそうとしてたんですね。やっぱりちゃんとした凧の損料（借り貸）は高いって考えたからじゃないですか」松之助はちょっと得意そうな顔になる。

「わたしは景迹（推理）が立ちましたよ」

「ほぉ」庸は帳場机で頬杖をつきながら松之助を見る。

「言ってみなよ」

「長太は来月から奉公に出ることになったんでしょ？　お店に勤めりゃあ藪入りの時以外は遊ぶ暇なんてない。だから今のうちに遊んでおこうって思ったんでしょう。だけど家には凧を買う余裕はない。だったら貸し物屋から借りるってのはどうだ？　だけど普通の凧は損料が高いかもしれない。骨だけだったら安いんじゃないか？　だけど貸し物屋が凧の骨なんか貸すだろうか？　あっ、湊屋は『無い物はない』って看板を出してる。長屋から一番近いのは両国出店だ——ってことでここに来たんでしょう」

　黙って聞いていた庸は小さく手を叩く。

「なかなかいいんじゃねぇか」

「なかなかいいってことは、お庸さんの読みは違うんですか？」

「ちょっとだけな」

「わたしのより筋が通っているかどうか」松之助は少しムキになる。

「言ってみてくださいよ」

「まぁちょっとの違いさ。後で確かめてから教えるよ」

「ずるいですよ。確かめた事実をそのままお庸さんの景迹にしてしまうかもしれない」

「そんなずるはしねぇよ。ちょっとの違いは、長太が選んだのが『なぜ凧だったの

「確かに遊びったって色々ありますが、たまたま思いついたのが凧だったんでしょ」

松之助が膨れっ面で言う。

「なぁ、松之助。捨てようと思っていた凧、武者絵を剝がして骨だけにしたらいくら手間賃を払えるかな」

「ああ――」松之助は庸の意図を察して肯く。

「骨を折ったりせずに綺麗に剝がしたんなら、五文以上の手間賃は払えますね。だけど、あの様子じゃあ長太は素直に手間賃をもらいやぁしませんよ」

「そうだよな……」

少しでも母子の暮らしの足しになればと思ったのだったが――。

「お庸さん。今、後で確かめるって仰いましたよね。長太を見張るつもりですか？」

「見張るなんて人聞きの悪いことを言うない。長太は貸し物を悪さに使おうとしてるわけじゃねぇんだから」

「だったら見張る必要はないじゃないですか。まずはお仕事をちゃんとやりましょうよ」

「お前ぇだって、長太がなぜ凧の骨を借りに来たか、真相が知りてぇだろうが」

「そりゃあ、そうですが、仕事第一。お仕事が疎かになるんなら、真相を知るのは諦めます」

「おいらの考えは違うね」庸は頑なに言う。「お前ぇ、溺れそうになってる奴を見かけたら助けるだろうが」

「長太は溺れてません」

「ちょいと手を貸してやったら人がもっと幸せになるんなら、進んでやるのがいいと思わねぇかい？」

「お庸さんが手を貸せば長太がもっと幸せになるんですか？」

「うん……。そうじゃねぇかと思うんだ」

「ウチの旦那なら『思い上がるんじゃないよ』って忠告なさいますよ」

湊屋の主、清五郎（せいごろう）のことを出されると庸は弱かった。自分の雇い主だということだけが理由ではない。庸は清五郎に懸想（けそう）（恋）しているのだった。

「うん……。言われるかもしれねぇ……。だけど気になるんだよ。長太に、これから先のことを安心させてぇんだよ」

「これから先のことを安心させたい？」

松之助は鸚鵡（おうむ）返しに訊いた。

「おいらの景迹が外れてたら余計なお世話になっちまう。だから、確かめてぇんだよ」

「うーん。何だか分かりませんけど、凧の骨は五日ってことで貸しましたから、長くても五日で終わりますよね」

「たぶん」

「朝から暗くなるまでですか？」

「それから雨が降ってねぇ日。凧を揚げるんだからな」

「なら、五日だけ泊まり込んで店を守ります」

松之助は溜息交じりに言う。

「すまねぇ」

庸は頭を下げた。

四

庸はすぐに長太の長屋へ駆け戻った。長い間ひとところに立っていれば怪しまれるから、時々場所を変えて長屋の木戸を見張った。

夕暮れになり、もう凧など揚げる刻限ではないと判断して、庸は小路から出た。

その時、長屋の木戸から出てくる人影があった。庸はハッとして足を止め、人影に目を向けた。

小綺麗な着物に黒紋付。三味線を抱えた女――。志乃である。

目が合った。

「なんだい、お庸じゃねぇか」志乃は庸に歩み寄った。

「何してんだい、こんなところで。あっ、長太を見張ってるのかい？」

「見張ってるっていうか、何ていうか……」

庸は口ごもる。

「あんたの話を聞いて、あたしも気になってちょっと覗いてみたんだよ」

「長太の部屋をか？」

庸は眉をひそめる。

「心配しなさんな。気づかれないようにしたよ。おっ母さんは縫い物をして、長太は紙に何か書いていたよ」

「何を書いていた？」

「そこまでは見えなかったけど、字の稽古でもしてたんじゃないのかい」

「たぶん、凧の絵だ」

「あんたの所から借りた凧の骨に貼るのかい」

「たぶんな」

「で、あんた、もしかして長太がその凧を揚げるのを見届けようってのかい？」

「うん。そのつもりだ」

「なんで？」

「ちょっとしたお節介だよ」

「ふーん」

志乃はクルリと向きを変えて、木戸のほうへ戻る。

「忘れ物かい？」

庸が訊くと、志乃は振り向きもせず、

「味噌でも借りに行ってみるよ」

と言って木戸をくぐる。

「おい、お志乃！」

庸は言ったが、長屋から「ごめんなさいよ」と志乃の声が聞こえた。

庸は木戸の側まで行って耳を澄ます。

「悪いけど、味噌を少しばかり分けてもらえないかい」

志乃の声に女が「あいよ。ちょいと待っておくれ」と返す。

「長太。凧を作ってるのかい」

「そうだよ」

「いつ揚げるんだい？」

「もう出来たから、一晩乾かして、明日の朝揚げてみる」

「そうかい。高く揚がりゃあいいね」

「うんと高く揚げるよ」

長太が答えるとすぐに「お待ちどおさま」と女の声が聞こえ、「ありがとよ。後から倍にして返すからね」と志乃が答えた。

少しして志乃が戻って来た。

「明日の朝、揚げるんだってさ」

志乃は木戸の側に立っている庸に言うと、三味線を抱え直し、しゃなりしゃなりと仕事に向かった。

「ありがとよ。これで松之助に苦労かけなくてすむ」

庸は志乃の背中に礼を言って店へ向かった。

庸は店に戻って、松之助に事情を話した。

松之助はちょっと残念そうな顔をして本店へ帰っていった。

庸がまだ暗いうちに起きて、蔀戸を上げると、矢ノ蔵（やのくら）のほうから駆けてくる人影があった。松之助であった。

大晦日に降った雪は昨日の好天ですっかり溶けて道はぬかるんでいた。

「子供なら明るくなるのを待ちきれずに外に飛び出すかもしれないでしょ。さぁ、行ってください」

松之助は白い息を吐きながら庸の背中を押した。

「すまねぇ」

庸は泥をはね上げながら、長太の長屋へ走った。

長屋の木戸が見えるところまで辿り着いた時、小さい影が飛び出して来るのが見えた。

長太である。胸の前に大切そうに凧を抱えている。何が描かれているのかは分からなかったが、白い障子紙らしい物が貼られているのが分かった。紙は皺(しわ)なくピンと張っていて、ちゃんと湿らせて仕上げたのだと分かった。

庸は距離をとって長太を追う。

長屋の近くは家が建て込み凧を揚げられるような場所はない。道にはチラホラと棒手振の姿が見えている。そのうち惣菜やら魚やらを担いだ物売りで混雑する。凧を引っ張って走ることなど出来ない。

広い河川敷でもあれば高く凧を揚げることも出来るだろうが、近所にあるのは堀割(ほりわり)ばかり。大川にも凧を揚げられるほどの岸はない。

さて、長太はどこへ行くのだろう——。

長太は大川を渡り、浅草に入る。そして浅草寺(せんそうじ)の脇を通って広い畑地に出た。

このあたりはあまり雪は降らなかったようで、道はほとんど乾いていた。

空が明るくなってきた。

なるほど、ここならば屋根の庇(ひさし)や立木の枝に引っかけることなく凧が揚げられるな。

長太は一丁（約一一〇メートル）ほど続く真っ直ぐな農道を見つけ、その南端に立った。

庸は畑の脇の空き地に立った松の陰に身を潜めて長太を見守った。

長太は凧を胸から離し、じっと見つめる。途方に暮れた表情であった。

そうか、長太は独りで凧を揚げたことがないのだ――。

と庸は思い当たった。

凧は独りで揚げられないことはないが、たいてい二人一組で揚げる。長太もきっと、今までは友達と一緒に揚げていたに違いない。

ではなぜ友達を誘わなかったのか――。

友達には知られたくなかったから――。

いや、この凧揚げは、長太の〝儀式〟だからだ――。

長太は凧の四隅と中央から出た五本の糸とをひとまとめにした部分を握った。そこから糸は一本になり、糸巻きに繋がっている。

きっと、以前見たことがある独りで凧を揚げていた人物の動きを思い出しているのだ。

糸を掴んだ右手を高く上げて、左手で糸巻きを持つ。そして、走り出した。

「そうだ、長太」

庸は拳を握って、小声で励ましの言葉を贈る。

凧は風を受けてふわりと浮いた。

長太は糸を送り出す。

三尺、四尺と凧は揚がる。

しかし、凧はグラリと揺れて失速した。

凧は角から地面に落ちる。

「あっ！」

長太の叫び声が響いた。

すぐに凧の元へ走る。

庸は松の陰から走り出したい衝動を抑え込む。

長太はしゃがみ込んで恐る恐る凧を拾い上げ、傾けたり裏を見たり確認する。

長太の顔にホッとした表情が浮かぶ。

どうやら壊れていないようだった。

庸も溜息をついた。

長太は立ち上がって最初の位置に駆け戻り、また糸をひとまとめにした部分を握る。

そして、走った。

しかし、失敗が災いして、糸を送り出すのを用心しすぎ、凧はすぐに平衡を失って落ちた。

今度は地面に衝突する前に、長太が糸を引っ張って、凧はふわりと地面に下りた。

それを何度か繰り返し、長太は道端に座り込んでしまった。

庸はたまらず松の陰から出て、長太に声をかけた。

「なんでぇ。そこにいるのは長太じゃねぇか」

庸の声に、長太はギョッとしたようにこちらを見た。さっと凧を背中に隠す。

「こんなところでなにしてる？」

「そりゃあこっちの台詞だ！　貸し物屋、お前ぇこそ何してる！」

「庸って呼んでくんな。この近くの寺に貸し物を届けた帰ぇりだよ」

「そ、そうかい……」

長太は庸の嘘を信じたようだった。

庸は長太に歩み寄り、横に座った。そしてその背後に隠した凧に目をやり、

「ああ、凧揚げに来てたのかい。お前ん家の近くじゃ揚げる場所がないもんな」

「うん……」

長太は俯き、唇を尖らせて肯いた。

「凧を揚げるったって、独りじゃ大変だろ。手伝ってやろうか？」

「見てたのか！」

長太はサッと庸に顔を向けると睨んだ。

「何を？　道端に座ってる子供がいるなって思って見たらお前ぇだったんだ。凧を持ってたから揚げに来たんだなって思った」

「ああ……、そうかい……」

「なんでぇ。その顔を見ると、上手く揚げられなかったな？」

「そんなんじゃねぇや！」

長太はムキになって否定する。

「そうかい――。まぁいいや。おいらも凧揚げにまぜてくんな。二人で揚げてみようや。それから独りで揚げるやり方を教えてやるぜ」

「お前ぇ、独りで揚げられるのか？」

長太は驚いたように庸を見た。そして、慌てて顔を逸らす。今の一言で凧揚げに失敗したと庸にバレてしまったと気づいたからである。

しかし庸はそのことには触れずに、

「お手の物さ。ガキの頃は男とばっかり遊んでたからな」

と答えた。

「でも、独りで揚げてぇ……」

長太は俯いて言った。

「そうかい。それじゃあ、人差し指をこうやって濡らしな」

庸は言って自分の右手の人差し指を口の中に入れて湿らせた。そして、腕を頭の上まで伸ばし、天を指差す。

指の腹が冷たくなった。

「今日の風は南西から吹いてる。もし、お前ぇが上手く揚げられなかったんなら、風下に向かって走ってたからだぜ。凧ってぇのは風上に向かって走りながら揚げるんだ」

庸はニッコリと笑う。

「ああ……。そういうことか！」

長太は立ち上がり、道の北側へ走った。

そして、一丁先の辻に立つとクルリとこちらを向き、走り出した。

凧が少しずつ揚がって行く。二尺、三尺、一間（約一・八メートル）。

凧の絵がはっきりと見えた。

線は太かったり細かったり、手と頭が異様に大きかったり、お世辞にも上手いとは言えない墨絵である。辛うじて、大人の女と子供の姿だと分かった。

おそらくそれは、長太と母親。

あの世へ行ってしまった父親に、自分と母親は元気だと知らせるために揚げているのだ。

高く、高く、出来るだけ父親の側まで届くように。

「その絵はお前ぇとおっ母さんかい？」

「そうだよ。あの世に行っちまったお父っつぁんに、見せるんだ」

長太は走りながら大きな声で答えた。

凧は五間（約九メートル）ほど揚がった。

「体の向きを変えろ！」

庸は叫んだ。

長太は後ろ向きになり、体を揚がって行く凧に向けた。そのまま少し後ろ向きで歩きながら糸を操って揺れる凧を安定させた。そして立ち止まる。

凧は六間、七間と揚がって行く。

庸は長太に駆け寄る。

「お父っつぁん、見てるかな」

長太は凧を見上げながら言う。

「見てるさ。ずいぶん高く揚がってるもの」

「奉公が決まって少しした時、突然思いついたんだよ。凧においらとおっ母さんの絵を描いて、お父っつぁんに見せようってさ」長太は言葉を切って、睨むような目つきで庸を見る。

「凧が見えるんだったら、おいらの暮らしだって見えてるって言いたいんだろ。分かってるよ。だけど、おいらの姿を見せてやりてぇっていう心意気が大切だろうが」

「お前ぇの言う通りだよ」

庸は微笑（ほほえ）んで肯いた。

長太は急に弱々しい表情になる。

「笑いやがって。馬鹿馬鹿しいって思ってるんだろ？」

「いいや。馬鹿馬鹿しくなんかねぇぜ」

「だって、隠世(かくりよ)って地の底にあるんだろ？」

「ああ、昔話なんかじゃそうなってるな」

「昔話って本当のことを言ってるのかな……」

　長太は泣きそうな顔になった。

「いいや。おいらは違うと思うね」

「どう違うんだい？」

「お父っつぁんは優しかったろ？」

「うん……」長太の顔がクシャクシャッと歪んだ。

「すごく優しかった」

「優しかったんなら、長太がここにいるって思うところにいてくれる。長太が、お父っつぁんが空にいると思ったんなら、お父っつぁん、その思いを叶えてきっと高い高いところまで飛んで長太を見てるぜ。おいらも死んだ姉ちゃんは家にいると思ってる」

　家にいるとは言えなかった。今の長太なら、それを〝ずるい〟と思うだろうからだ。

　庸が生まれる前に亡くなった姉のおりょうの霊は、家神(イエガミ)になるための修行で家にいる。そして時々、交信することが出来る。そのための道具として、守り袋を肌身離さず首から提げている。しかし、盗賊に殺された父母の霊は姿を見せることはない。

そこにどういう理屈が存在しているのか庸には分からない。だから長太に〝ずるい〟と言われても、納得させる説明は出来ない。

「そうか、しまったなぁ——」長太は凧を見上げながら言った。

「おいらも、お父っつぁんが家にいると思やあよかった」

「いや、空にいるほうがいいぜ。だって、お前ぇがどこにいても見守ってくれるだろ。家にいられちゃ、お前ぇが奉公に出たら見守ってもらえねぇぜ。空にいれば、お前ぇのこともおっ母さんのことも見守ってくれるじゃねぇか」

「そうか！　そうだよな！」長太はちらっと庸に目を向ける。

「お庸さんも姉ちゃんが空にいるって思えばいい」

〝お前ぇ〟が〝お庸さん〟に変わった。

「そうだな。そうしようかな——」

庸は言葉を濁す。そして話題を変えた。

「凧の骨を返す時に、あの絵はどうするんでぇ？」

「綺麗に剝がして取っておくよ」

「じゃあ、骨だけ返って来るんだな」

「そのつもりさ」言って長太はさっと恐い顔を庸に向ける。

「元通り、武者絵を貼って返せなんて言わねぇよな」

「そんな阿漕(あこぎ)な商売はしてねぇよ。武者絵を剝がして〈凧の骨〉っていう貸し物を作ってくれたんだから、手間賃を払わなきゃならねぇなって思ってさ」

「手間賃なんていらねぇよ――」と言って長太は戸惑った顔をする。

「その代わりに、この骨、何回かただで借りられねぇかな」

「そりゃあいいが、また揚げるのかい？」

「当(あ)たり前(め)ぇだろ。藪入りのたびに、お父っつぁんに報告しなきゃならねぇ。半年ごとにおいらは頑張って仕事してますってな」

「そうか。そうだな」

「お給金をもらえるようになったら、損料を払うからさ」

「何言ってんだい。そうなったら、材料を買って自分の凧を作りゃあいい」

「だってよぉ。自分の凧を持ったら、お庸さんとの繋がりがなくなっちまうじゃねぇか」

　言って、長太はポッと頬を赤らめた。

「そうかい。ありがてぇなぁ。だったらずっとウチから借りてくんな」

　庸は優しく言った。

「明日はおっ母さんと来る」

「それがいい。おっ母さんも喜ぶぜ」

「そしたら、凧の骨を返しに行く。損料の余った分は次に回しといてくれ」

「分かった。帳簿につけておくよ」

庸は空に点のようになっている凧を見上げる。空は薄青く、桃色がかった雲が浮いている。

おいらも凧を揚げてみようか――。

ずっと会えていないお父っつぁんとおっ母さんに、今の自分を知らせるために。

盆の藪入りには、空に手紙を貼った凧が揚がった。その下には、少し大人になった長太と母の姿があった。

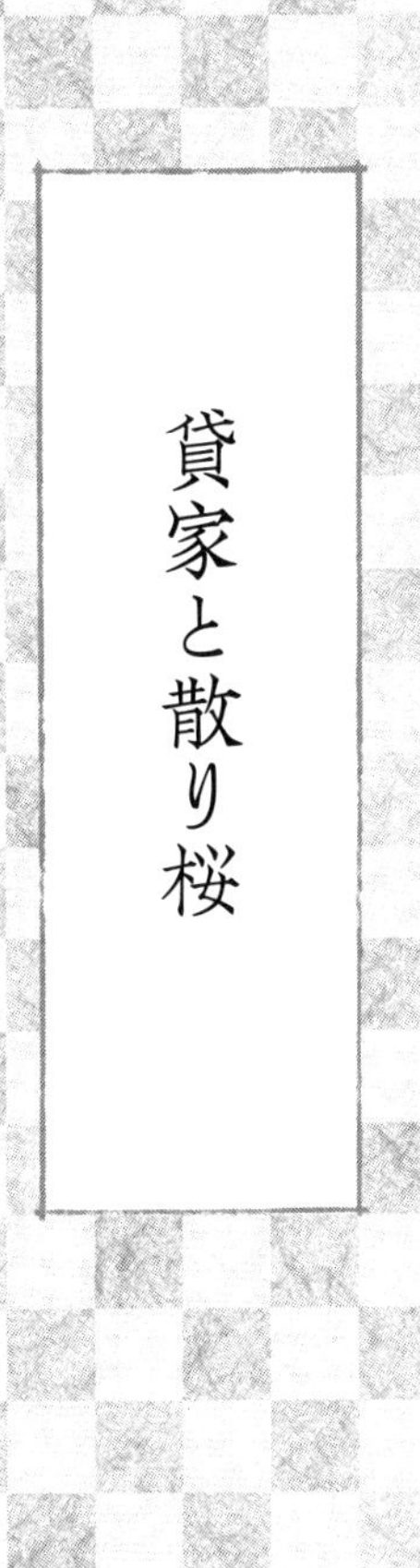

貸家と散り桜

一

店の前にチラチラと桜の花びらが舞う季節となった。満開を過ぎても、花見弁当の器や毛氈を借りに来る者たちは引きも切らなかったが、庸は客が途切れたのを見計らって、近所の塀の内側の桜を愛でるのがせいぜいであった。

花腐しの雨が降る薄暗い日。

その男は入り口で傘の雨を切って、土間に入ってきた。今日の空と同じような鼠色の着物を着た、痩せて陰気な顔をした四十絡みの男だった。着物の肩口が雨に濡れて黒い染みを作っている。

「何を借りてぇ?」

庸が帳場から声をかけると、男は板敷の側まで来て、

「借りたいんじゃない。仲介を頼めないかと思ってね」

「仲介だぁ?」

庸は眉をひそめた。

「家を貸したいんだよ。その仲介をしてもらいたい」

「そういうのはやってねぇよ」

庸は顔の前で手を振る。

「わたしは商売でしばらく上方へ出かけなきゃならなくなった。二年くらい留守にするんだが、その間、閉め切りにしとけば家が傷む。だから人に貸して風通しをよくしておきたいんだよ」

「だから、そういうのはやってねぇと言ったろう」

「損はさせないよ。店賃の五分でどうだい？」

奥から松之助がさっと顔を出す。

「店賃の半分をいただけるので？」

「なんなら、六分でもいい。こっちは金目当てで貸すわけじゃねえ」

「金目当てじゃねぇんなら、友達でも住まわせたらどうでぇ」

「仕事ばかりで友達を作る暇がなかった」男は自嘲気味に笑う。

「湊屋の出店なら、筋のいい客を紹介してくれるんじゃないかと思ってね」

「幾らでお貸しになるつもりで？」

松之助が訊く。

「そうだね。二分くらいかな」

江戸時代は時期にもよるが、一両は現代の七万円から十万円ほどである。一両は四分なので、二分は三万五千円から五万円ということになる。

長屋の家賃は六匁（およそ一万五千円）ほどであるから、けっこう高額の家賃であった。

「わたしが上方に二年暮らさなきゃならないように、江戸に出てきて何年か暮らさなきゃならない者もいるだろう。そんな者たちが湊屋へ行けばいい貸家を紹介してくれるってことになれば、便利だろう」

「貸家の仲介は口入屋もしてるって聞いたぜ」

庸は言った。

口入屋とは当時の人材派遣業者である。

「人買いみたいな仕事をしてるところより、湊屋のほうが安心だ」

口入屋の中には人身売買のような裏の仕事をする者たちもいた。

「お庸さん。試しに見てみるだけでもいいんじゃないですか？　見てよさそうだったら旦那さまに相談するというのは」

旦那さまとは、新鳥越町の湊屋本店の主、清五郎。庸が密かに思いを寄せている男である。

「そうだな――」

貸家の仲介という仕事も面白そうだと庸は思った。

「見てくれればきっと気に入ってくれる。旦那への相談にはつき合ってもいい。なんなら、店賃をもう少し下げてもいい」

男はおもねるように言う。

「店番はわたしがしておきますので、下見に行ってください」

「調べの時の留守番は渋るくせに」

庸は苦笑する。

「新しい商売の糸口でございますからね」

松之助はニコニコ笑った。

「じゃあ、行ってみるか」

庸が言うと、男はホッとした顔をした。

「とりあえず、在所と名前を書いてもらおうか」

貸し物の帳簿に書かせるわけにもいかないから、庸は紙と筆を男に渡した。

永井町　小間物屋　末広屋（すえひろや）　主　孝次郎（こうじろう）

男――、孝次郎はサラサラと書きつけた。

「小間物屋かい」

庸は紙を受け取りながら言った。

「ああ。日本橋の末広屋から暖簾分けしてもらった。永井町末広屋で店を出そうとして、仕舞屋（しもたや）を手に入れた」

仕舞屋とは、店仕舞いした商家のことを言う。

「なのに上方へ行くんですか？」

松之助が訊く。

「問屋から品物を取り寄せたんだが、どうにも気に入らない。日本橋の末広屋に奉公していた時にもずっと思ってたんだ。江戸の物はなにか違うってね。だから思い切って上方へ行って、色々と品物を見て歩こうと思ってな」

「修業のやり直しかい？」

庸が訊いた。

「まぁ、そんなもんだな――。だけど、蔵もついてるいい家なんだ。せっかく買ったのをすぐ売るのももったいない。それに上方から帰って来た時に、そういういい出物(でもの)があるかどうかも分からない。それで貸そうと思いついたわけさ」

「ふーん」

筋は通っているなと庸は思った。

とりあえず貸したいという家を見る。その後、清五郎さまに相談する。何の不都合もない。『やめたほうがいい』と言われたらやめればいいし、その時には孝次郎に誰か貸家を仲介してくれそうな奴を紹介してやればいい。

「じゃあ、案内してもらおうか」

庸は帳場を出て土間の草履に足を入れた。

その途端、プツッと鼻緒が切れた。

「あれ……」

だいぶ履いた草履である。

そろそろ傷んできていたからな――。

松之助が気を利かせて裏口から別の草履を持ってきた。

「鼻緒はわたしが直しておきますよ」

草履を土間に置く。

「すまねぇな」

庸が言った瞬間、帳場の後ろに重ねた帳簿の束がバサッと崩れた。

庸と松之助が顔を見合わせる。

帳簿はちゃんと重ねてあった。誰かがぶつかりでもしなければ崩れるはずはない。

「お庸さん。気をつけて行ってくださいね」

松之助が眉をひそめて言った。

「うん。おいらへの知らせじゃなくて、お前ぇに気をつけるよう知らせてるのかもしれねぇ」

「分かりました。用心します」

庸は草履を履く。鼻緒は切れない。

「おいおい。薄気味悪いこと言うなよ」孝次郎は顔色を青ざめさせて言った。

「これから何か起こるというのかね？」

「出がけに何かあった時には気をつけるに越したことはないってだけの話さ」

庸は土間を出て傘を開く。

「ずいぶん信心深いじゃないか」

孝次郎は傘を差して、頬に浮いた鳥肌を撫でる。

「お前ぇ、こういう話がおっ恐(か)ねぇのか？」

「あまり好きじゃないね」

「そうかい。そりゃあすまなかったな」

庸と孝次郎は神田川沿いに西へ歩いた。川端の萌え始めた柳が心地よい風に揺れている。

もし、裏があるとしたらどんなことが考えられるだろう――。

いつもの癖で、庸は思った。今回の場合、湊屋の貸し物を悪事に使うということはない。それにただの下見だから、湊屋の名に疵(きず)をつけるようなことはないだろうとは思ったが、何かの面倒事に巻き込まれるということがないとは言えない。

例えば、孝次郎が誰かを殺し、床下にでも埋めて、それを誤魔化すために誰かを住まわせる――。

いやいや。そんなことをすりゃあ臭いでバレちまう。かえって空き家のほうがいい。ならば、孝次郎は盗賊で、家のどこかに盗んだお宝を隠している。空き家だと誰かが忍び込んで荒らすかもしれないが、誰か住まわせておけば、用心にもなる――。

これも違うか。自分で住むほうが確実にお宝を守れるだろう。住人が大掃除をして見つけてしまうかもしれない――。

幾つもの例が出ては消えていく。

今回の件が悪事に結びつくとは思えなかった。

平永町の角で左に曲がると永井町はすぐであった。

件の家は通りに面した表店であった。二階屋で、一階が店舗、工房となっている家である。比較的裕福な商人や職人が住む家であった。その裏手に、裏店と呼ばれる経済的には恵まれない者たちの長屋が並んでいる。

一階の壁は腰板に漆喰壁。潜り戸のついた大戸。窓には家の中の様子が覗けない細かい格子がはめられている。柿葺きの通り庇が出ていて、二階は天井の低い厨子二階。虫籠窓が並んでいる。隣家との間に火事の際に延焼を防ぐ〝うだつ〟がある。凝った造りではなかったが、なかなか立派な家であった。

孝次郎は大戸を開けて庸を招じ入れる。

庸は庇の下で傘の水を切り、孝次郎の傘の隣に立てかけた。

入ってすぐは、以前店に使われていたのだろう広い土間、板敷であった。

庸は孝次郎に続いて板敷に上がる。黒光りする板は綺麗に拭かれていた。この家を買ってから掃除をしたのであろうが、微かに黴と埃の臭いがした。それまでずっと閉め切られていたに違いない。

襖と障子はわずかに煤けている。ところどころに小さな染みも見受けられた。

「他人(ひと)に貸すんなら、障子と襖は張り替えなきゃならねぇな」

「安くやってくれる職人、知ってるかい？」

「心当たりはある」

「仲介を引き受けてくれたら、そういうことも相談に乗ってくれ」

孝次郎は左手の襖を開けた。六畳ほどの板敷である。左の障子を開けると灯籠(とうろう)や石のつくばいを置いた坪庭であった。つくばいの水に雨が小さな波紋を広げている。

孝次郎は急ぎ足で六畳の奥へ進む。鈎(かぎ)型に繋がった六畳と十八畳の続き間であった。

十八畳の左側には二階へ上る階段があった。

広間の奥は床の間のある座敷で、障子の向こうは縁側。雨戸を開けると奥庭があった。植え込みと小さな池。縁側から庭の奥の蔵へ、屋根つきの渡り廊下が続いている。

その廊下の横に厠(かわや)の小屋があった。

「どうだい。いい家だろ」

孝次郎は雨戸を閉めながら言った。

「手放したくないのは分かるな」

庸は答える。

「ここはどういう家でぇ？」

庸が訊くと、孝次郎は驚いたような顔をして、

「ど、どういう家って、どういう意味でぇ？」

と上擦った声で訊いた。

「元々、どういう家だったんだって訊いてるんだよ」

「ああ……そういうことかい……。最初は書画骨董を扱う店だったそうだ」

「骨董屋かい」

「こっちは通り土間と厨だ」

孝次郎は急いで話題を変えるように言い、広間の襖を開ける。

通りから奥庭までの土間である。真ん中辺りに竈。配膳と奉公人たちが食事をする板敷があった。

その板敷から二階への急な階段があり、孝次郎はそこを駆け足で上った。

広い板敷である。虫籠窓から細長い光が何本も射し込んでいる。

「ここは季節物の整理や準備にちょうどいい」

孝次郎の言葉に、庸は肯いた。

裏店の長屋に住む者は、狭苦しい一間か二間で六匁。この広さで蔵までついて二分ならば格安といえるだろう。

いや、安すぎるな――。

すぐに借り手を見つけたいにしても、安すぎる気がする――。

疑問を感じながら、庸は孝次郎に続き、一階へ下りる。十八畳に続くもう一箇所の階段である。そして小走りに出入り口のほうへ向かった。

安くてもいいから、ここに他人を置きたいという理由は、やはり上方に出かけるから早く決めてしまいたいということなのだろうか――？

「なぜ二分だ？」

庸は入ってすぐの板敷に戻ると訊いた。

「相場が分からないんでね」孝次郎は肩を竦める。

「ただ、これだけの家で二分なら、わたしなら文句は言わないなっていう金額にした」

孝次郎はそそくさと土間に降り、大戸に手をかけた。

「何をそんなに急いでいるんでぇ」

庸は草履を履く。

「いや、別に急いじゃいないよ」

孝次郎は取り繕うように言って大戸を開けて外に出た。

庸はそれを追い大戸の前で立ち止まる。

「いや。だんだん足が速くなってた。お前ぇ何か隠してやがるな」

庸がそう言った時、急に大戸が動いた。

孝次郎は大戸から手を離していた。

大風にでも吹かれたように、大戸は大きな音を立てて閉まった。

庸は驚いて飛びさがる。

「何しやがんでぇ！」

庸は怒鳴って大戸を押す。

しかし、戸はびくともしない。仕方なく潜り戸の閂を外して押した。

だが、潜り戸も動かなかった。

「おい、こらっ！　孝次郎！　馬鹿な悪戯してねぇで開けやがれ！」

庸は大戸を叩く。孝次郎の返事はない。

孝次郎は呆然と、大戸を見つめた。

「お庸さん！」

声をかけるが返事はない。

戸を叩いてみるが中は静まりかえっている。

孝次郎の顔は青ざめていく。

家の前で震えながら佇む孝次郎を、通行人が不思議そうな顔をして通り過ぎる。

「すまない、お庸さん……。こんなことになるとは思わなかったんだ……」

孝次郎は後ずさり、家の前から逃げ出した。

二

「孝次郎の野郎……」庸は板敷に腰掛けて唸った。

「何を考えてやがるんでぇ……」

孝次郎が庸を騙してこの家に閉じ込める理由――。

孝次郎とは初対面だから、誰かおいらに恨みがある野郎に頼まれたか――？

家の中が無人であることを確かめさせ、安心させるために案内したか――。

とすれば、この家の中においらに何か仕掛けようとしている野郎が隠れている――？

広い家だから、おいらたちが歩く道筋を外れて身を隠すことは充分できる――。

「ちくしょう！」

庸はさっと立って、大戸を背中に身構える。

しかし、家の中はシンと静まりかえっている。大戸やところどころの雨戸は閉まっているが、通り庇の下の格子や、雨戸のない障子などから入ってくる外光で、うっすらと明るい。

耳を澄ませても何者かが潜んでいるような物音は聞こえなかった。

もし、何者かが乱暴をはたらこうとしているのなら、すぐに襲って来そうなもんだが――。

しかし、いっこうにこちらへ駆け寄る足音は聞こえない。

閉じ込めることだけが目的なら、母屋は中途半端だ。坪庭や奥庭に出れば、塀をよじ登って外に出られる。

完全に閉じ込めるならなぜ奥庭の蔵にしなかった？

なぜ半端な閉じ込め方をする？

『少し脅かしてやろう』程度のことなのか？

ちょっと懲らしめて、溜飲(りゅういん)を下げようという奴の仕業(しわざ)か？

ならば、それは誰だ？

おいらの口の悪さに腹を立てている奴は大勢いるだろうが、こういう手の込んだ悪さをされるほど恨んでいる奴に心当たりはねぇ――。

ああ、陸奥国(むつのくに)神坂(こうさか)家二万石の江戸家老、橘(たちばな)喜左衛門(きざえもん)――。

神坂家江戸屋敷で庸を女中として借り受けたいと、雇い主である湊屋清五郎に言ってきた男である。

清五郎はその申し出を断り、直接両国出店に来たならば事情を訊き、清五郎に相談するということに決めていた。

橘がおいらの力を試すために仕掛けたか――？

何を試している？

どれだけ早くこの家を逃げ出すかをか？
どういう答えを求めている？
そして、どういう答えを出してやるのがいいか——。
大名屋敷の女中なんて真っ平御免だ。
ならば、橘ががっかりするような答えを出すのがいい。
「ゆっくりと出てやるか」
庸は独りごちた。
だとしても、逃げ道の確認は早めにしておこう。
庸は立って、坪庭への障子がある六畳間に入った。
障子には坪庭の水仙の葉の影が揺れていた。
歩み寄って手をかける。
すっと陽が陰ったように感じた。
あれっと思った瞬間、目の前に襖があった。
「えっ？」
庸は慌てて周囲を見回す。
坪庭への障子は左にあった。庸は続きの十八畳に続く襖の前に立っていた。
「何が起こった？」
庸は障子へ駆け寄り手を伸ばす。

ちゃんと障子に手をかけているのを確認し、一気に引き開ける。

そこには暗い通り土間があった。

庸の背中に寒気が走った。それは頬のほうまで這い上がる。

庸は振り返る。坪庭への障子は真後ろである。

「何だこりゃあ……」

庸は通り土間に飛び下りて、右にあるはずの外への出入り口へ裸足で走った。

板戸の隙間から細い光が漏れている。

閂を動かそうとするが、びくともしない。

クルリと向きを変えて、奥庭への板戸へ走る。こちらもまるで動かなかった。

引き返して広間に飛び込む。奥庭への障子を開け、雨戸に飛びつく。いくらガタガタと揺らそうとしても、雨戸は動かない。

思い切って庸は雨戸を蹴飛ばした。

まるで鉄の板でも蹴ったような衝撃があった。雨戸はびくともしない。

庸は体重をかけて何度も蹴る。

しかし、雨戸は壊れなかった。

障子なら壊れるかもしれない——。

坪庭への障子に走り、思い切り足を突っ込む。

その瞬間、庸は通り土間に転がり落ちた。

「どうなってるんだ……」

庸は身を起こす。正面、六畳間を挟んで、坪庭に面した障子が見えた。

「外に出られねぇ……」

庸は入り口の板敷に戻って座り込んだ。

「どういうカラクリだ？」

そもそも、カラクリでこういうことが出来るのか？

「そういえば――」

庸は、この家に閉じ込められた瞬間を思い出した。

大戸が閉まる寸前、孝次郎の手は戸に触れていなかった――。

大戸はひとりでに閉まったのだ。

そう気がついた時、家の中の薄闇がジワッと濃くなった。

昼を過ぎても庸は帰って来ない。雨は止んで雲間に青空が見え始めたが、嫌な予感が松之助の胸を締めつけた。

真っ先に思いついたのが、橘喜左衛門である。主の清五郎からも用心するように言われていた――。

「お庸さん……」

松之助は帳場を飛び出すと、隣の煙草屋に留守番を頼んで、走り出した。

まずは永井町へ行って、孝次郎の家を探す。永井町の辺りは町が入り組んでいるが、小間物屋が買った仕舞屋と言って探せば見つかるに違いない。

孝次郎が本当のことを言っていたとすればの話だが――。

松之助は永井町に着くと、孝次郎の仕舞屋を探した。三人ほどに声をかけて、すぐに場所が分かった。日本橋の末広屋から暖簾分けしてもらった孝次郎が買った仕舞屋。孝次郎の話に嘘はなかったのだが――。

閉ざされた大戸を叩いても返事はなかった。傘が二本、壁に立てかけられたままだ。中にいるに違いないが――。

向かいの白粉屋が出てきて、

「孝次郎さんならどこかへ逃げるみてぇに走って行ったぜ」

と言った。

「逃げるみたいに――。いつごろですか？」

松之助は訊いた。

「そうさなぁ。もう一刻半（約三時間）は前になるかな」

「お庸さん――、いや、臙脂の裁付袴に藍色の半纏を着た娘が一緒だったはずなんですが」

「そういやぁ、一緒に入って行ったが――。走って行ったのは孝次郎さんだけだったな。娘は先に帰ったんじゃねぇのか」

白粉屋の言葉に、松之助の胸は嫌な予感で一杯になった。

「そうですか――。ありがとうございました」

松之助は礼を言って来た道を引き返す。

角を曲がったところで足取りを速め、孝次郎の家の裏手へ廻った。

板塀越しに、奥庭の蔵の屋根が見えた。

松之助は周囲を見回して人気(ひとけ)がないことを確認すると、草履を脱いで懐(ふところ)へ入れる。

少し後ろに下がって助走すると、跳躍し、板塀の上に手を掛けて乗り越えた。

音もなく蔵の裏に着地して、松之助は草履を履く。

松之助は以前、丹波(たんば)の秀蔵(ひでぞう)という盗賊の一味であった。秀蔵は実の父。松之助は父の薫陶を受けて、錠前外しの達人となった。

紆余曲折があって足を洗い、今は親子共々湊屋清五郎の世話になっている。父は諸国を廻り、清五郎に指示された仕事をしていた。

以前、自分や父が絡む事件に庸を巻き込んでしまったことがあり、庸が盗賊団に拐(かどわ)かされた。その件で前身を知られてしまったが、庸はそれ以後も普段と変わらずに接してくれていた。

松之助は雨戸に歩み寄って難なく外した。

足音を忍ばせて家の中に入る。

一階、二階と探したが、庸の姿はなかった。

庸はどこへ行った？

拐かされたのか？

予想していた最悪の状態——、血の海の中に庸が倒れているという光景には出会わずにすんだが、家の中には庸の行方を知るための手掛かりは何も見つからなかった。

「お庸さん……」

松之助は外に出て雨戸を元に戻した。

庸の行方を知るには孝次郎を締め上げるしかない。

松之助の目がギラリと光った。

板塀を跳び越えて、日本橋へ走った。

末広屋の本店へ行き、孝次郎の住まいを聞き出す。仕舞屋には家財道具を運び込んでいないから、孝次郎はまだ今まで住んでいたところにいるはずだ——。そういう読みだった。

それにしても、孝次郎は何を考えているのだ？

もしあいつが盗賊であるとすれば、一つの景迹が立つ。

自分たちの隠れ家に盗んだ財宝を隠せば、捕り方が迫った時、重い財宝を担いで逃げなければならない。下手をすれば自分たちもお宝もお上の手に落ちる。

だが、全然関係のない者の家に隠しておけば、捕り方の手から逃げて、ほとぼりが冷めた時に持ち出すことができる。

盗賊団の常套手段である。

しかし――。孝次郎の身ごなしから、盗賊の一味ではないことは確かだ。

そして、家に庸の姿がなく、孝次郎だけ走って家を去ったというのは、どういう訳だ――?

三

孝次郎はなぜこの家を貸家にしようとしたのか――?

庸は板敷に座って考えた。

例えば、この家に何かを隠していて、それを誤魔化すためにまったく関係のない者を住まわせようとしたとか――。

いや、ならばおいらを閉じ込めることはしない。こんなことをすれば、せっかくの何かの隠し場所が台無しになってしまう。

いやいや……。それと似たようなことは、さっき違うとはじいたじゃないか。

じゃあ、何だ?

庸は右手の六畳間を見る。開け放たれた襖の向こうには薄闇が蟠(わだかま)っている。

あえて意識しないようにしていたが、雨戸が閉まっているとはいえ、この暗さは異様だ。まるで黒い霧が漂っているように見える。

そしてこの寒さ――。

陽が入らない屋内だということを割り引いても、背骨に沿って何度も駆け上がることの寒気は、空気の冷たさが原因ではない――。

ジワジワと体に染み込んでくるようなこの感覚は、怪異が始まる予兆だ。

何度も経験しているから、庸には馴染みの感覚である。

何かが始まるまでに、なぜこんな事態になってしまったのか、おおよその景迹を立てておきたい。怪異が起これば逃げることで精一杯になるかもしれないからだ。

孝次郎が家の中を案内する足取りは、だんだん速くなっていった。あれは、この家で何かが起きることを知っていて、その恐怖から逃れようとする思いがさせたことだろう。

孝次郎はこの家で怪異が起こることを知っていて、貸家にしようとした。家に入って半刻（約一時間）も経っていないというのに、もう怪異が始まろうとしている。きっと、何も知らない借り主は引っ越しの最中、怪異に襲われることになる。

借り主は逃げ出して――。

庸はハッとした顔になる。

「ウチに怒鳴り込んで来るかい……」

そうなったら、借り主に謝り、怪異を鎮められる誰か――、おそらく浅草藪之内の東方寺住職、瑞雲あたりに頼んで怨霊の調伏をしてもらうことになるだろう。

「それが狙いだったか――。買ったはいいが、怪異の起こる家だった。お祓いをしようにも、誰に頼めばいいのか分からない。借り手の困り事に力を貸してくれるという噂のおいらの店を頼ってきた――」

大戸が閉まる時の孝次郎の顔を思い出せば、きっと庸が閉じ込められることは想定外だったに違いない。

「そんなことなら最初から話してくれりゃあいいのに。それなりの準備が出来たんだ」

庸は舌打ちして床を叩いた。

『ちゃんと行くなって知らせたろ』

突然声が聞こえて、庸は飛び上がるほど驚いた。

姉のりょうの声であった。

「おりょう姉ちゃん！」

家神になるための修行中のりょうであったが、時々、瑞雲が授けた守り袋を通して庸と交信していたし、童女の姿を現すこともあった。しかし、辺りを見回すがりょうはいない。

りょうの声は胸元から聞こえた。

庸は声が聞こえる辺りに手を当てた。瑞雲からもらった守り袋である。

「知らせたって、鼻緒が切れたり帳簿が崩れたりしたことか？　もっとちゃんと伝えてくれりゃあいいだろ」

庸は膨れっ面をする。

『こっちは修行の身だ。優先させなきゃならない用事がある。お前だって手を放せないこと、あるだろ』

「今は手を放せるのかよ」

『だから来てるんだよ』

「じゃあ、早くここから出しておくれよ」

『無理』

「そうあっさり言うなよ！」

庸は泣きそうな顔をする。

『お前は、何者かが作った結界の中にいるから、あたしは声を届けるのが精一杯。松之助が忍び込んでお前を探したが、結界のせいで見つけられなかった』

「松之助が来てくれたのかい――。なら、きっと孝次郎をとっ捕まえてこの家のことを聞き出すはずだ。そうなれば、松之助は瑞雲のところへ行くな。助かった……」

庸はホッと息を吐く。

『瑞雲にはもう知らせたが、奴は別件の加持祈禱(かじきとう)の最中だ。それが終わらなければこっちへ来られない』

りょうが言うと、襖の向こうの闇がさらに濃くなった。

『そうとう恐い』

「辛抱って……、辛抱出来ることなのか？」

『瑞雲が駆けつけるまで辛抱しろ』

庸はまた泣き顔になる。

「じゃあ、どうするんだよ」

松之助は日本橋の末広屋で孝次郎のことを聞き込んだ。

「新しく店を出すから色々な物を借りたいと言ってきたので身元を確かめに参りました」

と言うと、番頭が快く話をしてくれた。

孝次郎に暖簾分けをしたことは本当で、永井町に仕舞屋を買ったことも本店では知っていた。店としての体裁を整えるまでは今までの平松町の長屋に住んでいるという。

「なにやら上方で修業をし直すとか話してらっしゃいましたが」

と松之助が言うと、

「それは初耳でございます」

と番頭は意外そうな顔をした。

そういうことかい――。

松之助は舌打ちを堪(こら)えた。

「いい男なので安心して貸してください」

と言う番頭に「ご贔屓(ひいき)にしてもらいます」と笑みで返した松之助だったが、腹の中では『何がいい男なものか』と思いながら、孝次郎の長屋へ走った。

平松町は末広屋の裏の町であった。

長屋はすぐに見つかり、松之助は名札を頼りに孝次郎の家の腰高障子を叩いた。

「はい……」

と返事があり、松之助は勢いよく障子を開けた。

孝次郎は部屋の隅に座り込み、頭から布団を被っていた。

怒りの表情の松之助を見て、孝次郎は驚いた顔をする。

松之助は土足のまま上がり込んで孝次郎の襟を摑んだ。

「ふざけたことをしてくれるじゃねぇか。お庸さんはどこだ？」

顔に似合わぬドスの利いた声で松之助は訊いた。

「あの家です……」

孝次郎は震える声で答えた。

「嘘を言ってんじゃねぇよ。今、行ってきたが、家の中には誰もいなかったぜ」

「そんなはずはございません……。きっと、亡魂(ぼうこん)（幽霊）の仕業でございます」

「亡魂……？　あの家には亡魂が出るのか？」

「はい……。暖簾分けが決まってから、わたしはすぐに店を開ける仕舞屋を探しました。本店が日本橋の南ですんで、北側の室町、十軒店本石町から須田町の間に探していたのですが、なかなかいい物件がございません。町をうろついていた時に、永井町のあの家に〈売り家〉の張り紙を見ました。すぐに持ち主に話を聞くと、『この家は縁起のいい家です』って言うんです」

「縁起のいい家？」

「はい。買い手がすぐに売る家なんだと言いました。別の土地でいい仕事の声がかかったとか、富籤（とみくじ）が当たったからもっと大きな家を買うんだとか、いい話しか聞かなかったから、そのうちこの家を買えば運が舞い込むって話になった。自分も買ってすぐに大きな商売が決まった。もう少し儲けたいと欲を出しかけたんだが、やっぱり幸運は多くの人に分けなければと思い、売ることにしたと」

「隣近所にその噂の真偽を確かめたか？」

「はい。最初は書画骨董の店だったそうで。流行病（はやりやまい）で家族が死んで売りに出て、しばらくの間は買った奴がすぐに売るんで骨董屋の幽霊が出るんじゃないかっていう噂も出たが、聞いてみるといい話ばかりで、縁起のいい家なんだって思うようになったとか」

「悪い話をすれば買い手がつかなくなる。みんな嘘をついてたんだな」

「はい……。それに気がついたのは、買ってからでした。住み心地を試そうと、布団を持ち込んで泊まり込みました――」

孝次郎の顔が見る見る青ざめる。

「その晩、怪異があったんだな？」

その手の恐い話や出来事が苦手な松之助は顔をしかめながら訊く。

「はい――」

と言って、孝次郎はその夜の出来事を語り始めた。

四

隣の六畳が真っ暗になった。坪庭からの光が入ってくるはずなのに、漆黒の闇が広がっている。まるで鴨居と敷居の間に黒い天鵞絨（ビロード）の布を張っているかのように、板敷側の光が照らしているはずの畳も見えない。

庸は身を縮めながら尻で後ずさる。

『動くな』囁くようなりょうの声が頭の中に聞こえた。

『動かなければお前の姿は向こうには見えない』

『姉ちゃんが呪（まじな）いかなにかかけてるのかい？』

庸も頭の中で訊く。

『そうだ。結界の外からだと、そのぐらいしかしてやれない』

庸は、板敷に正座をしていれば長くは姿勢を保てないと思い、あぐらをかいた。

その時、隣室の暗闇の中から、凄まじい速さで真っ黒いモノが這い出した。

庸は目を見開き、体を凍りつかせた。

黒い留袖を纏った女であった。顔は真っ白である。目と口は真っ黒な穴。島田の髪には乱雑に百本に近い簪が突き立っている。銀の平打ちや、珊瑚や翡翠の飾り玉、細かい透かし彫りのものなど、種類も様々だった。

女は庸の前でピタリと止まり、顔を近づけてくる。

庸は恐すぎて目を閉じられない。瞬きをした瞬間に、顔を嚙み千切られるという妄想が頭の中に渦巻いていた。

頬の毛穴や、ところどころ剝げて垂れ下がった表皮がすぐそこに見えた。干した魚のような臭いが漂ってくる。

女はスウッと顔を移動させて、板敷を廻り始める。

六畳の闇の中から、畳を擦るような音が聞こえてきた。足音にしては小刻みである。

そして、数が多い――。数百の虫が畳を這っているような音であった。

虫に苦手意識を持たない庸であったが、その音から部屋一杯に蠢くカマドウマを連想して、全身に鳥肌が立った。

目が慣れてきたのか、闇が薄くなってきたのか、座敷の暗がりの中に何かが動いているのが分かった。虫ではない。畳から一尺くらいの高さの何かが並んで動いている。板敷からの光を何かが反射して、動いている影の中に小さい光がキラリ、キラリと瞬く。

やがて六畳の中から影の正体が現れた。

数十体の市松人形であった。綺麗な着物を着た童女の人形である。光を反射していたのはギヤマンの目であった。目元は無表情だったが、口元は笑ったように横に開き、歯並びが見えている。

尼削ぎ（あまそぎ）の髪を揺らして板敷に出ようとするが、並んでギュウギュウ詰めになっているので、互いの体がつかえてこちら側に出て来られない。小さな固い足がしきりに畳を擦るので、件（くだん）の音を発していたのだった。

庸は背後に気配を感じた。

何人もの気配が後ろに佇んでいる。

動くなと言われているので振り向くことは出来ない。

襖の間で押し合い圧（へ）し合いしていた市松人形たちの一角が崩れた。一体が倒れ込んだ拍子に、その周囲の人形が板敷に転がって、その勢いで後ろから詰めかけていた人形たちも前のめりになった。

重なった人形の上を乗り越えて、奥の人形が這い出して来る。

倒れた人形も立ち上がり、板敷に広がっていく。カタカタという固い足音があちこちで響く。

何体かの人形がこちらに歩いて来た。

ぶつかる。見つけられる——。

庸は思わず体を動かして人形を避けそうになった。

『動くな！』

りょうの声が頭の中に鋭く響く。

庸は見開いた目で近づいてくる人形を凝視する。

人形が膝に触れた。

その瞬間、冷たいモノが体の中に潜り込む感覚があった。

人形は庸の体を歩いて行く。冷たい感覚が体の中を移動する。

人形は、庸に気づいた様子もなく、尻の側に通り抜けた。

ミシッ、ミシッと天井で音がした。何者かが二階を歩いている。

奥の座敷を激しい足音をさせて走り回る音も聞こえてきた。ぼんやりと白く光る人影が見えた。

孝次郎はこれを体験したのだ。

おそらく家を買ったばかりの頃に。

ならば売った奴に返し、金を取り戻せばよかったのに、なぜそうしなかった？

ああ、そうか。孝次郎は上方へ行くために家を貸したいと言っていた。同じようなことを売り手から言われたに違いない。

売り手はすでにどこかへ旅立っていたから、返すに返せない。

だが、孝次郎はおいらを下見に連れてきた。

まだ貸家として預かるという返事はしていない。

ということは、孝次郎はまだ今まで住んでいた場所にいるはずだ。

おいらの帰りが遅ければ、きっと松之助が孝次郎の住まいを探り当て、企みを白状させるはず。亡魂が関わっていると知れば、松之助は瑞雲の元に走る。そして二人で駆けつけてくれるはずだ。もしかすると新鳥越町まで走って、清五郎さまも駆けつけてくれるかも――。

ともあれ、おいらはこの状況を耐えきればいいだけだが――。

尻が痺れて痛くなってきた。

少し腰を動かして右の臀部を浮かせた。

人形たちや女の動きがぴたりと止まった。一斉にこちらに顔を向ける。

後ろの気配がスッと近づいたのが分かった。

庸は息を詰めて動きを止めた。

心の臓が高鳴る。

『姉ちゃん、姉ちゃん』

庸は頭の中で呼びかける。

『取り憑かれるのか？　殺されるのか？』

『このモノたちは、成仏を願っている。誰かにすがりたいだけだ。だから殺されることはない。今までこの家を買った者たちは、怯えて逃げ出した。それでも霊障もなく過ごしておろう』

『ならば、おいらも逃げ出せるんじゃないか』

『いや——。連中は今度こそと、本気を出している。だから強い結界を張ったのだ』

『なんでおいらの時だけ……』

『すまんな。守り袋が原因だ』

『えっ？』

『守り袋が家神の気配を放っているから、その持ち主なら助けてくれると頼っているのだ』

『おりょう姉ちゃんが原因かい……』

『まぁ、今までの連中はこのモノたちが成仏を求めているのに気づかず、たらい回しを続けていた——。孝次郎がお前に貸家の話を持ち込んだのは、ある意味、正解であったな』

りょうはクスクスと笑った。

『他人事だと思って』

『姉妹だ。他人事などと言うな』

りょうは言った。

『なら、動かずにいる以外の方法をなにか教えてくれよ。そろそろ限界だ』

人形たちはまたあちこちを向いて歩き出す。どうやら庸の存在には気づかなかったようである。

『ならば、瑞雲が着いた時のために、このモノたちの正体を景迹しておけ』

『正体？　亡魂だろうが』

『それだけではない』

『知っているなら教えてくれよ』

『これはお前の修行だ』

『おいらは修法師になるつもりはねぇよ』

『頭の使い方の鍛錬だ。どうせ動きがとれぬのだから、使える頭を働かせろ』

『ふむ――』

なぜ――？

庸は心を落ち着けて考える。

なぜこいつらは出て来る――？

板敷を這い回る女と市松人形の共通点はなんだ？

毬栗みたいに簪を挿した女。

市松人形――。

『後ろにいるのはどんな奴だ？』

『鎧(よろい)武者が三人。お前をじっと見下ろしている』

『最後のくだりはいらねぇよ！――二階で歩き回っているのは？』

『体を膾(なます)に刻まれた侍だ。血刀を引っさげている』

庸は泣きそうになる。

『奥の座敷で暴れているのは？』

『子供が革の丁銀袋(ちょうぎんぶくろ)を引きずって走り回っている』

丁銀袋とは、海鼠(なまこ)形の銀貨、丁銀を多量に入れて保管したり持ち運んだりするための袋である。

『簪、市松人形、鎧、刀、袋物か……』庸は眉根を寄せた。

『どれも、骨董屋で扱うものだな』

この家で骨董屋を営んでいた時、何かの拍子にそういう物がどこかに紛れ込んで置き忘れられたというのはどうだ？

骨董品は古い物。物は百年経つと付喪神(つくもがみ)っていう妖怪になるという――。

だが、母屋の一階、二階にそういう物はなかった。床下とか坪庭、奥庭に埋められているか――。

『当たらずとも遠からずだ』

りょうの声が言う。

『じゃあ外れてるんじゃねぇか』

『付喪神ではない。骨董に染みついていた思いと、亡魂が入り交じったモノだ』

『なんでそんなことになった？　亡魂は亡魂、思いは思いだろうが』

『生きている者でも類は友を呼ぶと言うだろうが。死人の世、物の怪の世でもそれは同じだ。形がないぶん、よく混じり合う。透き通った水に、真っ黒な墨を混ぜればすぐに薄墨となるようにな。もっとも、水と油のように相性が悪く混じらないモノもあるがな』

『ふーん。そういうものか』

『そういうものだ――。で、そこから先の景迹は？』

『亡魂が取り憑いているような品物はいっさい置かれていなかったから、この家が憑坐のようなものになっているのか――』

　憑坐とは、神霊を乗り移らせて託宣をする人のことである。

　庸は、孝次郎に案内された順路で家の中を頭に描いた。

　そして――、

『ああ、そうか。おりょう姉ちゃん、瑞雲が来たらすぐに指示を出せるぜ』

と庸は小さく肯いた。

　板敷のモノたちがサッとこちらを向いたので、庸は肝を冷やした。

五

平松町の孝次郎の長屋である。

松之助に買った家で何が起こったのかを話し終えた孝次郎は、すがるような目をして言った。

「怪異が起こることを黙っていたのはすみませんでした――。だけど、今日、こんなことになるなんて考えもしなかったんです。貸家にして借り主が家に入れば、必ず怪異が起こる。そうしたら、お庸さんがなんとかしてくれると思ったんです」

「怪異が起こって借り主が逃げ出す。お庸さんが誰かに頼んで調伏する。そうしたら『そういう家を貸すわけにはいかねぇ』とか言って、自分で住むつもりだったんだな?」

「まぁ、そういうことで……」

「じゃあ、上方に修業に行くっていうのも――」

「嘘です。怨霊の調伏が終わったら、『上方行きはやめた』と言うつもりでした」

「自分で拝み屋を頼めばよかったじゃないか!」

「拝み屋や修法師なんてのは、誰が本物で、誰が偽物か見当がつきません。湊屋の両国出店のお庸さんは、貸し物によくないモノが憑いていた時に祓うって噂も聞いていたので……。わたしは、前の家主のように、誰かに家を押しつけて逃げるってことはしたくなかったんです」

「いい話をしてんじゃねぇよ！」松之助は孝次郎の頭をペシャリと叩く。

「お庸さんを騙して悪霊調伏を丸投げしようとしたんだろうが！」

「すみません……」

「お前がやらかしたことの始末をつけるからな。ついて来い」

松之助は孝次郎の襟を摑んで立ち上がらせる。

「どうするんで……？　まさか、わたしを生け贄にして悪霊を鎮めるなんてことはしやせんよね……？」

「そうやってもいいが、お前ぇのような奴でも死なせてしまえば寝覚めが悪ぃや。だから、調伏にかかる費用を全部払うことで許してやらぁ」

「それじゃあ、あの家から悪霊を追い出せる方をご紹介願えるんですね？」

孝次郎の顔がパッと明るくなる。

「ああ。すこぶる腕はいいが、ガッポリとお布施を取る生臭坊主さ」

永井町の孝次郎の家の前に、墨染めの衣を着た偉丈夫の僧侶が立ったのは夕刻であった。東方寺の瑞雲である。その後ろに松之助と孝次郎が控えた。

近所の者たちが何事かと通りに出てきた。

瑞雲は大戸の前に立ち、大音声で、

「開門！」

と怒鳴った。

その途端、ギッと音がして潜り戸が開いた。

瑞雲は後ろを振り向き、野次馬たちに、

「近づくでないぞ。事が終わる前にこの家に近づけば、恐ろしい祟りがある」

と言った。

近所の者たちは小走りに家に入った。

瑞雲は松之助と孝次郎に肯き、中へ入る。

「入るんですかい？」

孝次郎が半べそをかいて訊く。

「おれだって恐ぇんだよ！　だけどお庸さんはもっと恐い思いをしてるんだ！」

松之助は孝次郎を潜り戸の中へ蹴り入れた。

暗い土間に目が慣れるまで、松之助と孝次郎はへっぴり腰で目を凝らす。

しだいに周囲が見えるようになり、前を歩く瑞雲の体を数十体の市松人形が取り巻いているのが分かった。しがみつこうとしては瑞雲の脚をすり抜ける。

二階と奥の座敷から走る足音が聞こえた。

「ヒッ！」

二人が小さく悲鳴を上げると、市松人形たちはサッとこちらを向いて、その半数が駆け寄って来た。市松人形たちは二人の脚もすり抜けた。涼風が脚の中を通り抜ける感覚に、松之助と孝次郎は震え上がった。

「来てくれたか、生臭坊主」

庸は瑞雲のほうへ顔を向けた。

板敷を這っていた女の亡魂と三体の鎧武者が、庸のほうを向く。

階段を駆け下りる音。

奥座敷から童が駆け出す。

その後ろに血まみれの侍が現れた。

「タラタカンマン　ビシビシバク　ソバカ！」

瑞雲が真言を唱えると、童も侍も、板敷の女、鎧武者、土間の市松人形も動きを止めた。

「こういう技を覚えておきてぇな」

庸は固まったように動かないモノたちを見ながら立ち上がった。

「生兵法（なまびょうほう）は怪我のもとだ」

瑞雲は板敷に上がる。

「おい」と庸は孝次郎を睨む。

「蔵の鍵は持ってるか？」

「はい……。肌身離さず……」

孝次郎は首にかけた紐を引っ張り、懐の中から鍵を引き出した。

「怪異の大元は蔵か」

瑞雲が言う。

「母屋にはそれらしい物はなかったからな。この家で見ていないのは蔵の中だ」

「蔵の中は棚ばかりですが……」

孝次郎は庸に鍵を渡した。

「行くぜ」

庸は奥の座敷に駆け込む。瑞雲と松之助、孝次郎も続く。

襖を開け、障子を開け、雨戸を開けて、奥庭に飛び出す。

庸は蔵の扉に駆け寄って錠前に鍵を差し込む。

瑞雲は懐から折り畳み式の燭台を出し、火付け道具で蠟燭に火を灯した。

庸は外扉、内扉を開けて中に入り、瑞雲が差し出した燭台を受け取って内部を照らした。

孝次郎の言うように板敷の上に三段の棚が並んでいた。棚板の上には何も載っていない。

「こっちだ」

瑞雲が言って左脇の階段を駆け上った。庸と松之助、孝次郎は後を追う。

瑞雲は二階の板敷に立つと、三列並んだ棚の中央に歩く。そして、一番奥の棚の最上段に手を伸ばし、何かを引っ張り出した。

庸は歩み寄って瑞雲の手元を照らした。

瑞雲の手には人の頭ほどの鞠のように真ん丸な物が載っていた。焦げ茶色で全体に細かい罅が入っている。よく見ると、ところどころに出っ張りがあり、薄茶色の蝶結びになった紐がくっついている。

「革の丁銀袋でしょうか……」孝次郎が掠れた声で言った。

「でも、丁銀袋はこんなに真ん丸ではありませんが……」

「色々なモノが入り込んでパンパンになっているのだ」

瑞雲が言う。

「亡魂やら、骨董品にまとわりついた持ち主の思いやらが詰まってるのかい？」

庸が訊く。

「よく分かったな」

瑞雲が驚いたように庸を見た。

「おりょう姉ちゃんに教えてもらった」

「ああ、そういうことか」

瑞雲は肯く。

「なんでそんなモノが丁銀袋に集まったんだ？」

「この中に呼び寄せたモノが入っている」

瑞雲は蝶結びの紐を摘みながら般若心経を唱える。

「観自在菩薩　行深般若波羅蜜多時――」

瑞雲はゆっくりと紐を引く。

口が開き、膨らんでいた丁銀袋がゆっくりとしぼんでいく。そして、読経が終わると袋は平たくなって瑞雲の手の上で力無く垂れ下がった。

瑞雲は袋の中に手を入れる。

中から引き出されたのは、白い紙と紙縒で束ねられた三つの遺髪であった。

「母屋にいた侍と女、そして子供の亡魂の遺髪であろう」

瑞雲が言った。

「何があったのかねぇ」

庸は三つの遺髪に合掌する。松之助と孝次郎も慌てて倣った。

「お家騒動に巻き込まれて侍が殺された。妻は体が弱く、子供は幼く、敵討ちなど出来なかった。だから後を追った。親戚の者が遺髪を引き受けて弔っていたが、その家も没落した――。ということのようだな」瑞雲は遺髪を懐に入れる。

「ちゃんとした供養は寺に戻ってからする。もうこの家には怪異は起こらぬ」

瑞雲はジロリと孝次郎を見た。

「ありがとうございます……」

　孝次郎は板敷に膝を折って深く頭を下げた。

「年に二十両。十年払いにしてやろう。払いが遅れたら、もっと恐ろしいモノを送り込んでやるからな。せいぜい稼ぐんだな」

　十両あれば四人家族が一年暮らせると言われた時代である。瑞雲が提示した金額はかなりの大金であった。

「そんな……」

　孝次郎は情けない顔で瑞雲を見上げた。

「お庸さん。この件の損料はどうしましょうかね」

　松之助が意地悪な口調で訊く。

「そうだな。嘘をつかれた上に、ずいぶん恐い思いをさせられたから、綺麗になったこの家を損料としてもらい受け、貸家にするってのはどうだい？」

「それはいい考えでございますね。孝次郎さん。月に二分でお貸ししますが、いかがいたしましょう？　二分なら借りたいという人がたくさんいると思いますが」

　松之助が言うと孝次郎は泣き出した。

「孝次郎さんよ」庸は孝次郎の横にしゃがみ込む。

「商売人が人を騙しちゃいけねぇぜ」

「はい……」

「今回の損料はこうしようじゃねぇか。ウチにはたまに、ウチにも本店にも置いてねぇ物を借りに来る奴がいる。そういう時には新しい物を仕入れるんだが、小間物でそういう必要が出てきたら、相談に乗っちゃあくれめぇか。お前ぇに損をさせれば、瑞雲への払いが大変になるだろうから、ただでとは言わねぇ。格安にしてくれりゃあ、おいらも助かる」

「それだけでいいんでございますか……？」

孝次郎は涙と鼻水でグショグショになった顔を上げた。

「ただし、手を抜くんじゃないぜ。こっちの頼みを全身全霊で叶えようとしてくれ」

「分かりました。そのようにさせていただきます」

孝次郎は板敷に顔を擦りつけるように頭を下げた。

翌日は綺麗に晴れた。

白く輝く矢ノ蔵の壁を眺めながら、庸はぼんやりと思った。

永井町の家の親子は、二階、奥座敷、板敷とバラバラの場所に出て来た。あの世では一緒に暮らせるんだろうか——。

おいらのお父っつぁんとおっ母さんも、一緒に暮らしているんだろうか——。

ああ、おりょう姉ちゃんに訊いてみればいいか——。

庸は首から提げた守り袋を摑んで訊ねてみたが、答えはなかった。

土間の向こうに見える景色に、桜吹雪が舞った。

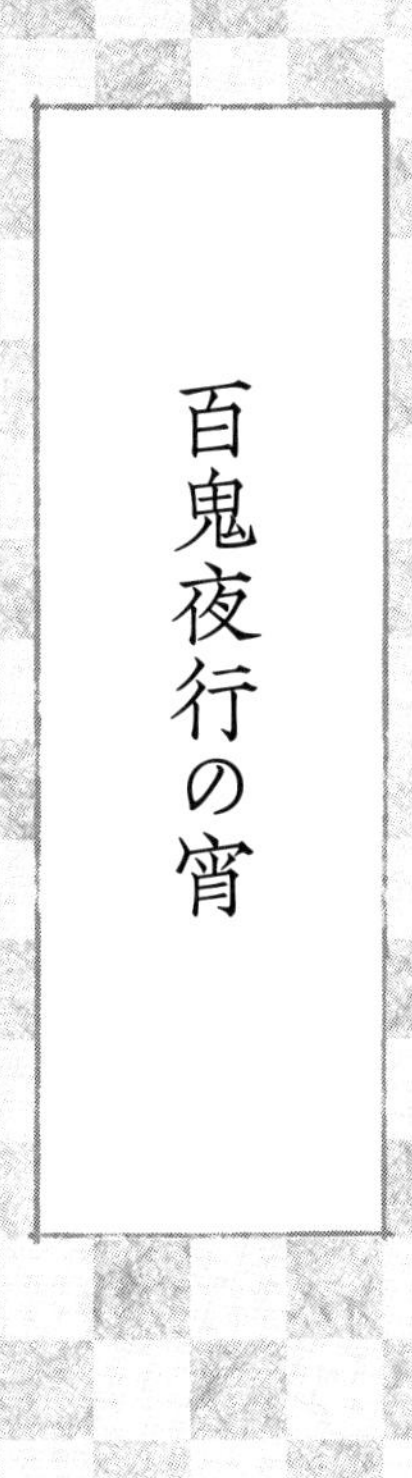

百鬼夜行の宵

一

連日、シトシトと陰鬱な雨が続いていたが、今日は珍しく、灰色の雲の間から青空がのぞいていた。湊屋両国出店では、油紙で作った合羽や傘、蓑などがよく借り出されていた。返された物は雨水を吸っていて、乾かすのに苦労した。

「ごめんよ」

と言って土間に入ってきたのは、細面で鼻筋の通った綺麗な顔をした男である。前髪を残し、長い髪を後ろで束ねている。蔭間の綾太郎であった。

蔭間とは男娼のことである。主に男の客を取るが、女を相手にすることもある。とある事件から綾太郎は庸を気に入り、足繁く両国出店を訪れている。

「いらっしゃい」

と松之助が板敷から言った。庸は帳場机の向こう側から手を上げる。

「簪を借りてぇんだ」綾太郎は板敷に腰を下ろす。

「平打ちで、狐の模様が透かし彫りされているやつはあるかい？」

「狐の模様でございますか？」

松之助は小首を傾げる。

「今日の客は初回かい」

庸はニヤリと笑いながら言った。

「さすがお庸ちゃん。ご明察」

綾太郎は小さく手を叩いたが、松之助はぽかんと二人を見ている。

「ほら、謎解きをしてあげな」

綾太郎は促した。

「綾太郎は『自分は狐だから騙されないようにね』っていう判じ物にするつもりなんだ」

庸の謎解きに、松之助は大きく肯いた。

「狐の模様はねぇが、葛の葉模様の透かし彫りがあるぜ」

庸が言う。

「葛の葉か――」

綾太郎は首を傾げる。

葛の葉とは、和泉国の信太の森に住む白狐である。人間の女に化けて安倍保名と結ばれ、生まれたのが陰陽師の安倍晴明である。

「そんな大物じゃないからねぇ」

「そのお客に」松之助が言う。

「葛の葉模様から、信太の葛の葉を連想して、さらにそこから狐、そして綾太郎さんの謎掛けに気づけるような頭があるかどうかでしょう」

「どうかなぁ」綾太郎は口元を歪めて笑う。

「使いの者の話によれば、旗本の部屋住(へやずみ)らしいが、学があるかどうかは分からねぇ」

「まぁ、試してみればいいじゃねぇか。気づかなかったら、直接言ってやりゃあいいし、気づいたら話も弾むだろう」

庸は松之助に簪を持ってくるよう指示した。松之助は奥に入る。

「なにか面白い事件はあったかい？」

綾太郎が訊く。

「そんなにしょっちゅう事件があってたまるもんか」庸はしかめっ面をする。

「いたって普通の毎日だよ」

「毎日毎日、褌(ふんどし)を貸してばかりじゃつまらねぇだろう」

貸し物屋で一番出る品物は褌であった。江戸は男の独り暮らしの人口が多く、洗濯をせずに返してもいい貸し褌の需要が多かった。褌は高価であったこともその理由の一つである。

「褌ばかり貸してるわけじゃねぇよ」

庸はムッとした顔をした。

「からかっただけだよ。そういう顔が見たくってさ」

綾太郎は笑った。

庸はさらに不機嫌な顔になる。

そこに松之助が袱紗に載せた簪を持って現れた。

綾太郎は袱紗ごと簪を受け取って、うっとりと見つめた。

「銀じゃねぇか。いい細工だね。葉脈まで綺麗に作ってる」

「本銀町の銀細工職人、善吉って奴に作ってもらったんだ。いい腕をしてるから、銀の簪を作る時にゃあ、善吉に頼んでくんな」

「知り合いの作は宣伝してやるのかい。なら、おれのことも宣伝してくれよ。日本橋葭町の綾太郎はいい蔭間だって」

「おいらが客の紹介をしたら、お前ぇの元締に酷い目に遭わされそうだ」庸は鼻に皺を寄せる。

「用がすんだらさっさと帰ぇりな」

「少し世間話をしようよ」

綾太郎は女のように科を作り庸に流し目をくれた。その様子があまりにも妖艶で、庸の背中に淫靡な寒気が走る。

庸は馴れない感覚を振り払うように乱暴に言う。

「忙しいんだよ」

「客はいないじゃないか」

綾太郎は体を帳場のほうへ傾ける。

綾太郎は蔭間であっても両刀遣い。そして庸に恋をしていると公言している。

庸は顔を強張らせて後ずさる。

「綾太郎さん」

すました顔の松之助がぴしりと言った時、「ごめんよ」と言いながら、二人の男が土間に入ってきた。常連ではない。初回の客である。一人は丸顔で禿頭。もう一人は細面である。

二人とも、年の頃は三十五、六。外でする仕事に就いているようでよく陽に焼けていた。昼過ぎ間もないこの刻限に貸し物屋に来るくらいだから、早朝に仕事が終わる棒手振かなにかだろうか――。

と、庸は客を値踏みした。

「なんでぇ、取り込み中かい」

丸顔の禿頭が綾太郎と庸を見ながら言った。

「ほれ、客だ。お前ぇはさっさと帰ぇりな」

庸は綾太郎に言う。

松之助は二人の客に「お気になさらずに。何がご入り用ですか?」と尋ねた。

綾太郎は板敷に座ったまま二人の客を見ている。庸はもう一度、帰るよう促そうとしたが、綾太郎が細い指を少し動かして庸に何かを合図する。

庸は黙っていろという合図だと思い、口を閉ざして客に目を向ける。

「坊主の着物を借りてぇ」

「三衣一鉢でございますか」

「な、なんでぇ、その、サンエイッパツってぇのは？」

細面の客が訊く。

「三衣とは、袈裟の僧伽梨衣、上衣の鬱多羅僧衣、下衣の安陀会のことでございます。それに鉢を一つで三衣一鉢。僧が携えなければならないものです」

「なんだか訳が分からねぇが、坊さんに見えりゃあいいんだ」

丸顔が言った。

「何にお使いになるので？」

「宴の余興だよ」

「どんな余興でぇ？」

庸が訊いた。

「出鱈目な経を読みながら長屋を練り歩くのよ」

「それのどこが面白ぇ？」

庸は眉をひそめる。

「お前ぇが面白ぇと思うかどうかなんて関係ねぇんだよ」丸顔が苛々と言った。

「長屋の連中はそれで面白がるんだ。その理由まで説明しろってぇのかい？」

細面が凄む。

庸は平然とした顔で、帳場机に頬杖をつく。

「嘘をついて貸し物を持っていく奴がいるからな。坊主に扮してお布施を騙し取ろうって騙り（詐欺師）かもしれねぇ。ウチの貸し物をそういうことに使われたくねぇんでな」

「ずっと前、長屋に性格の悪い坊主崩れが住んでたんだよ。長屋の連中はそいつを揶揄すると喜ぶんだ」

丸顔が言った。

「ふーん」

と、庸は綾太郎に目を向けた。

綾太郎は小さく肯いた。

「まぁいいや。松之助、持ってきてやりな」

「はい――。いかほどの損料の物を用意いたしましょうか？」

「一番安いやつでいい」

「それでは雲水の物を用意いたしましょう」

松之助は奥へ入って雲水の墨染めの衣など一式を持ってきて二人の客に着方を説明した。

「それじゃあ帳面に在所と名前を書いてくんな」

庸は帳場を出て、丸顔の客に帳簿と筆を渡した。

「字は得意じゃねぇんだよ」

と言いながら、丸顔は住所と名前を記す。金釘流の字は、

馬喰町　けやき長屋　茂助

と読めた。

「もう一人のほうもだ」

「一人でいいじゃねぇか」

茂助は文句を言う。

「衣を破いたら直し賃ももらわなきゃならねぇ。お前ぇさんの名前だけだと、一人で払うことになりかねねぇぜ。二人の名前がありゃあ、もう一人も一緒に借りに来たっていう証になる」

「おれが踏み倒すってのかい」

細面は険しい顔をして茂助から筆を引ったくり、下手くそな字で、

同　太一

と読める字を書いた。

「何事も用心に越したことはねぇさ」

庸は帳簿を持って帳場に戻る。

「それじゃあ借りていくぜ」

茂助は松之助が僧衣を包んだ風呂敷を引ったくると出て行った。太一が続く。

綾太郎は簪を袱紗に包んで懐に入れると、すっと立ち上がった。

「あの二人、嘘をついてるな。お庸ちゃんが言ったように騙りかもしれねぇ。ちょっと様子を見てくるよ」

と言って、綾太郎は店を出て行った。

「役に立つ人ですねぇ」松之助は綾太郎を見送りながら言った。

「またお庸さんが飛び出して行くんじゃないかと思って、げんなりしてたんですよ」

「やかましい」庸は唇を尖らせた。

「湊屋両国出店の名を汚(けが)さないように頑張ってるんだよ」

茂助と太一は馬喰町を過ぎても足を止めなかった。

「やっぱり嘘をついてやがったぜ」

綾太郎は眉間に皺を寄せた。

二人は鉄砲町と本石町四丁目の辻を左に曲がった。真っ直ぐ進んで道浄橋(どうじょうばし)を渡り、そのまま江戸橋まで進むのかと思いきや、左に曲がって荒布橋(あらめばし)を越え小舟町三丁目の小路に入った。

路地を進んで長屋の木戸をくぐる。

綾太郎は木戸の柱に身を隠し、二人が腰高障子を開けて中に入るのを見届けると、木戸の上に打ち付けてある木札を見た。〈けやきながや〉と、〈ぼてふり　もすけ〉と〈ぼてふり　太一〉の名前があった。

「町名以外は本当のことを書いたかい」

綾太郎は少し考えて、葭町の蔭間長屋へ向かった。

小舟町から親父(おやじ)橋(ばし)を渡ればすぐ葭町である。

長屋に駆け込み、中程の腰高障子の前に立って「勘三郎(かんざぶろう)。いるかい？」と声をかけた。

「へい。おりやす」

声がしてすぐに障子が開き、痩せて小柄な中年男が顔を出した。以前は盗人(ぬすっと)をしていた蔭間である。

「ちょいと頼まれてくれねぇか。お庸ちゃんとこの客なんだがよ。どうにも怪しいんだ」

綾太郎が言うと勘三郎はニッと笑って、

「入れ込んでやすねぇ」

と言った。

「入れ込んでるんじゃねぇよ。惚れ込んでるんだ」

綾太郎は笑みを返した。

「で、何をすりゃあいいんで？」

「小舟町のけやき長屋、棒手振の茂助と太一という男がお庸ちゃんところから坊主の衣装を一式借りた。それを何に使うのか確かめてもらいてぇ。もしかすると坊主を騙って布施をせしめようって魂胆かもしれねぇから、そういうことをやりそうになったら、止めてくれ」

「脅かしてもよろしいんで？」

「ああ。怪我をさせなきゃな」

「分かりやした。お安い御用で」

勘三郎はスルリと綾太郎の脇をすり抜け、木戸を駆け出した。

綾太郎は湊屋両国出店に戻った。

松之助がすぐに茶を持ってきて、板敷に腰を下ろした綾太郎の横に盆ごと置いた。

「勘三郎に見張りを頼んできた」

綾太郎は茶に息を吹きかけて冷ましながら一口啜った。

「すまねぇな。後からなにか美味いもんでも差し入れるよ」

「あいつはみたらしが好物だ」

「分かった」

「とりあえず一晩覗けば僧衣の使い途が分かるだろう。明日の朝には勘三郎から知らせがあるはずだ。そしたら、すぐに来る」

綾太郎は茶を飲み干すと腰を上げた。

二

翌日の朝。綾太郎は勘三郎を連れて湊屋両国出店を訪れた。

綾太郎は難しい顔をし、勘三郎は疲れ切った顔をしていた。

「どうしてぇ？」

庸は眉根を寄せる。

「こいつが、昨夜のことは、一回しか話したくねぇって言うんだよ。だから連れてきた」

「じゃあ」松之助が言う。

「綾太郎さんもまだ聞いていないんで？」

「ああ」

「厄介な話なんだろうから」庸は帳場を立つ。

「奥で聞こうか」

「店番はわたしが」

松之助が帳場に入った。

庸は綾太郎と勘三郎を誘って、奥の座敷に向かった。

二人を座らせると「ちょっと待ってな」と言って台所へ走り、茶を三つ淹れて座敷に戻った。

「で、何があったんでぇ？」

二人に茶をすすめると、庸は訊いた。

正座した膝の上に、固く握りしめた拳を置いた勘三郎は、震える声で話し始めた。

「綾太郎さんに言われて、けやき長屋へ行きやした。名札で茂助と太一の部屋を覚えて、屋根裏に入り込んだんで――」

茂助と太一の部屋は、間に空き部屋を一つ挟んだ並びであった。一棟に五つの部屋があり、路地を挟んで同じ大きさの長屋が向き合っている。
六畳一間に、小さな板敷の台所と三和土の出入り口があるだけの部屋である。茂助と太一の部屋には鴨居に釘を打って引っかけた天秤棒と、板敷に桶が二つ重ねてあり、ささくれた畳の奥に枕屏風が立てられ寝具の目隠しをしていた。空き部屋はがらんとして寒々しい。
夕方まで二人に動きはなかった。

入り口の腰高障子が茜に染まる頃、茂助は風呂敷包みを手に取り外に出た。一つ隣の太一の部屋の腰高障子を叩く。

出て来た太一と共に、茂助は空き部屋に入った。

勘三郎は音でそれを察し、空き部屋の天井裏に移動した。天井板に少し隙間を作って覗き込む。

茂助は黙ったまま着物を脱ぎ、僧衣を纏う。禿頭だからよく似合った。

部屋の出入り口が開き、中年の女が二人、怯えた顔で燭台と瀬戸物の香炉、御鈴を持って来た。そしてそれを板敷に置くと、逃げるように出て行った。

細面がそれを座敷の奥に置いた。

懐から短冊ほどの大きさの薄い板を出して壁に立てかける。

板には〈喜之助之霊〉と書かれていた。そこそこ上手い女文字であったから、長屋の住人の誰かに書いてもらったのだろうと勘三郎は思った。

茂助は手に数珠を持って法具の前に座る。太一が火付け道具で付木に火を移し、煤けた燭台の蠟燭を灯した。灰色っぽいそれは、蠟燭の流れ買いが集めた滓を再利用した安価な蠟燭である。

「まだ早ぇんじゃねぇのか？」

茂助が言った。

「出てからやったんじゃ遅ぇだろ。出ないためにやるんだから」

「違いねぇ」

腰高障子が透かす空の光は茜から薄紫に変わっていた。

茂助はチーンと御鈴を鳴らし、合わせた手の間に挟んだ数珠を揉み鳴らす。

「ナム　ナム　ナム　ナム……」

茂助はモゴモゴと出鱈目な経を唱え始めた。太一はその後ろで合掌している。

小半刻（こはんとき）（約三〇分）も唱えると茂助はげんなりした顔で太一を振り返った。

「飽きてきたぜ……。なんでおれが坊主をやらなきゃならねぇんだよ」

「この長屋でお前以外、ツルッ禿（ぱげ）がいねぇからだよ。文句言ってねぇで経を唱えな」

「出鱈目をひねり出すにも限りがあるよ。もうそれらしい言葉が出て来ねぇ」

「それならナムナムの連続でもいいから。とにかくそれらしく唱えるんだよ」

いったい何をしているのか――。

勘三郎は首を傾げる。近所の女が法具を運んできたところをみると、長屋の者たちはこの二人が何をしているのか分かっているようだが――。ただの悪ふざけではないことは、彼らや法具を持ってきた女たちの表情から分かる。

勘三郎は一旦、茂助たちの棟のほかの部屋や、路地を挟んだ向かいの棟の様子も覗いた。

男の独り暮らし、女の独り暮らし、家族持ちと様々だったが、いずれの家も出入り口の腰高障子に心張り棒をかけて、布団に潜り込んでいた。布団の中からは「南無阿弥陀仏」やら「南無妙法蓮華経」やらが聞こえてくる。

何が起こってるんだ――？

空き部屋では偽坊主が出鱈目な経を唱えている。そのほかの部屋では店子（たなこ）たちが怯えている――。

勘三郎は空き部屋の屋根裏に戻った。

どれだけ時が経ったろうか。下から聞こえる単調で出鱈目な経を聞いているうちに、眠気がさしてきた。

重くなっていく目蓋が閉じようとした時、ミシリと音がした。

勘三郎ははっとして周囲を見回した。

屋根裏から聞こえた音である。

盗人でも入ってきたかと思ったのだが人影はない。

家鳴りか、気のせいか――。

夜になって外気が冷えると木は縮む。そのせいで家鳴りが起きるのだと元大工の盗人から聞いたことがあった。

「聞こえたか？」

下から声がした。覗くと、茂助が太一に話しかけている。

「音がしたぜ」

自分の気のせいでないことは分かった。ならば家鳴りなのだと勘三郎は思った。

ミシミシ　ミシミシ　ミシミシ

家鳴りが連続した。

「来た！　来た！　来た！」

茂助が叫び、大声で念仏を唱える。

「南無阿弥陀仏！　南無阿弥陀仏！　南無阿弥陀仏！」

止まない家鳴りに、勘三郎は地震かと思った。しかし、自分が腹這いになっている梁は揺れていない。

「何だこの音は……」

勘三郎は思わず呟いた。

木が軋む音、細い木を折るような音が、端から端まで走り、うねり、屋根裏に渦巻いている。

勘三郎は下を覗く。

茂助の念仏は悲鳴に近かった。太一も大声で唱えている。二人の声が届いたのだろう、近所の部屋からも大きな念仏が聞こえてきた。

「何かの祟りか……？」

勘三郎は全身を悪寒が走るのを感じた。

屋根裏に靄が漂い始めた。

燐光を放っているのか、靄は暗い屋根裏でもはっきりと見えた。うごめき蝟集して白っぽい塊を作ったかと思うと、四散して薄くなり、また別のところに塊を作る。

　下でも同様のことが起こっていて、二本の蠟燭の明かりの中で、靄が塊を作っては解けている。

　こいつら、亡魂だ……。

　勘三郎は震え上がる。

　どうしよう……。

　靄に濃淡が出来て、濃い部分が凝り固まって人の形になっていく。

　逃げ出そうと、屋根の板を外したところを見た。

　数体の白い人影がその下で揺れている。

　逃げるにはあいつらを追い払わなければならない――。

「喜之助ぇ！　成仏しろや！　おれたち、仲良しだったじゃねぇか！」

　茂助の泣き声が聞こえた。

　喜之助とやらの亡魂ばかりではない。屋根裏だけでも幾つもの亡魂がいる――。

「時々、馬鹿にしたこともあるけど」太一が言う。

「あれは、親愛の情ってやつだよぉ。馬鹿にしたことを怒ってるんなら、謝るよぉ。勘弁してくれよぉ！」

　家鳴りの中に、呻くような声が聞こえた。洞窟の中で響いているかのような声だった。

「駄目だ！　せっかく少なくなったと思ってたのに、昨夜より多くなってやがる！

偽坊主じゃどうしようもねぇ！」

茂助は飛び上がるように立ち、出入り口の三和土に飛び下りた。

腰高障子を開けようとするがびくともしない。

「開かねぇ！」

障子をガタガタと動かしていた茂助を押しやって、太一が拳を障子に叩き込む。

しかし、板を叩くような音がして太一の拳は弾かれた。

「何だこりゃあ……」

太一は障子を乱打する。

「誰かぁ！　外から開けてくれ！」

だが、外から戸を開けてくれる者はいない。

「どうしよう……」

茂助と太一は顔を見合わせる。

「続けるしかあるめぇよ」

太一が茂助を座敷に押し上げた。

茂助は数珠を揉みしだきながら念仏を唱える。

勘三郎は視野の隅に白いものを見てドキリとした。

亡魂がすぐ近くまで寄って来ている——。

下の部屋にも白い人影が現れていた。五人、六人――。

茂助は自分の顔の右横に虚ろな目をした男が顔を寄せているのを目の端でとらえた。これほど近ければ息がかかるはずなのに、それを感じない。

勘三郎は丹田(たんでん)に力を込めて、「南無阿弥陀仏――」と唱えた。

すうっと左横にも顔が近づいた。そこに割り込むように三つ、四つと顔が迫って来る。

仏具の前に座る茂助の周りにも、中腰になった白い人影が六つ、七つ――、ひしめき合うように顔を近づけている。

追い払おうと手を動かした。

勘三郎の手は亡魂の体を突き抜けた。なんの感触もない。

もしかすると、亡魂など気にせずに梁を這って、屋根板を外したところから逃げればいいだけの話かもしれない。

勘三郎は移動しようと体を動かした。

グイッと足首を掴まれた。

思わず悲鳴を上げそうになって、掌(てのひら)で口元を覆った。

怖々(こわごわ)と足の方を見ると、真っ白い顔をした若者が、表情のない顔をこっちに向けて、勘三郎の脚にしがみついていた。

こっちは触れなくても、向こうはこっちを触れるのか――。

「不公平だぜ……」

勘三郎は呟いた。

その声に反応したのか、周りに立っていた亡魂たちが一斉に手を伸ばして、勘三郎の体をサワサワと触り始めた。

勘三郎は歯を食いしばって堪(こら)えた。

下を見ると茂助と太一が気を失って倒れているのが、その上に折り重なるように覆い被さる何体もの亡魂の体を透かして見えていた。

勘三郎の顔の前に、髪の乱れた女の顔がゆっくりと迫(せ)り上がって来た。瞳孔の開いた真っ黒な目が勘三郎の目を見つめる。

あの世へ引き込まれてしまいそうで、勘三郎は思わず目を閉じた。

冷たく濡れたものが頬に触れた。

舐められている——。

勘三郎はきつく目を閉じ歯を食いしばって、体を這い回る亡魂の舌の感触に耐え続けた。

「そういう状態で明け方まででござんす……」勘三郎はぶるっと体を震わせた。

「屋根板を外したところから明け方のぼんやりした光が差し込むと、亡魂たちは消えやした。這々の体で屋根裏を抜け出して、綾太郎さんに報告した後、風呂屋へ行って着替えをして、ここへ来やした。なにせ、女の亡魂の涎でドロドロだったもんで……」

「ひでぇ目に遭わせちまったな……」庸は眉を八の字にする。

「すまなかったなぁ」

「いいえ……」勘三郎は強がって笑みを浮かべる。

「いい経験でござんした。あの女亡魂、きっと生きてた時には腕利きの女郎だったと思いやす。なにしろ――」

続きを言う前に、綾太郎が勘三郎の袖を引っ張った。

「いけねぇ。お庸さんには聞かせられねぇ話でござんした」

「あの――」柱の陰から顔を出した松之助が言う。

「お庸さんに聞かせられない話ってやつ、後から教えてくださいまし」

庸はさっと振り向き、茶托を投げつけた。

松之助はパシッとそれを受けとめて、「へへっ」と笑いながら店に戻った。

「するってぇと、坊主に化けて亡魂を調伏するために僧衣を借りたってぇのか」

庸は腕組みした。

「だけど、素人が亡魂の調伏なんか出来やしねぇってこと、分かりそうなもんだが」

綾太郎が言う。

「あっしもそう思いやした。一人や二人の亡魂じゃありやせん。あんなにゴッチャリと出てくる亡魂に、素人が敵うはずはねぇ」

「なんで本物の坊主に頼まなかったんだろう」

庸が言う。

「坊主に払う布施がなかったとか」

綾太郎は顎を撫でた。

「坊主の布施は『お気持ち』なんだから、幾らでもいいだろう」庸は首を振る。

「解せねぇな」

「こりゃあもう、直接訊いてみるしかねぇだろう。余興に使うってのが嘘だったんだから、文句を言う理由はあるぜ」

「偽坊主の念仏が効かなかったんだから、もう一度やろうなんて考えないだろう。だとすれば、明日僧衣を返しに来る。その時に問いつめてやろうか」

「そいつがようござんす」

勘三郎は大きく肯いた。

三

昼過ぎ、重い足取りで茂助と太一が僧衣を返しに来た。綾太郎と勘三郎は店のすぐ奥の小部屋に身を隠していた。

庸は僧衣を丹念に調べた。普段は破れがないかどうかを確かめるのだが、今回は亡魂が触れた証がないかどうかを見ているのであった。

亡魂が触れればどういう変化があるのかなど知らなかったが、勘三郎が涎でドロドロだったというのだから、茂助が着ていた僧衣にも何か印のようなものがついているかもしれない。

「余興は終わったのか？」

庸は訊いた。

「なんだ？」

茂助は怪訝な顔をする。

「余興だよ、余興」太一が袖を引っ張って小声で言った。

「昨夜やったろうが」

「たいそう盛り上がったようだな。ずいぶん疲れてる様子じゃねぇか」

「お……、おう。盛り上がったぜ」

顔を青ざめさせながら、茂助は引きつった笑みを浮かべた。

「台本を変えて、偽坊主が亡魂の調伏に失敗する芝居でもしたかい」

庸が訊くと二人はギョッとした顔をした。

「な、なんでそんなこと言うんだ？」

「無い物はねぇ湊屋は、なんでもお見通しなんだよ」

庸がニヤリと笑ってみせると、茂助と太一は顔を見合わせた。

「困ってるんなら相談に乗るぜ」

「どうせ、知恵を貸したってんで、損料を取るんだろう」

太一が言う。

「話によっちゃあ、ただで貸してやってもいい」

「どうする？」

太一と茂助はもう一度顔を見合わせた。

「今夜もウジャウジャと亡魂が出て来たら困るだろ」

庸が言うと二人は表情を凍りつかせた。

「まぁお座りになって」

松之助は二人に板敷に座るようすすめた。

茂助と太一はしょげかえった顔で板敷に腰を掛けた。

「嘘をついて坊主の衣装を借りてったことは謝るよ」茂助は言った。

「だけどどうしようもなかったんだよ。喜之助の野郎が成仏しねぇもんだから」

「喜之助ってのは、おれたちの長屋に住んでいた紙屑買いだ」

太一が補足する。

紙屑買いとは、町を歩いて反故紙（ほごし）などを買い、再生紙を作る紙漉屋（かみすきや）に売る商売である。道に落ちている紙屑を拾う者もいた。

「喜之助は二月ほど前に、ポックリと逝っちまった」茂助は溜息をつく。

「朝、部屋から出て来ねぇから覗いてみると、布団の中で死んでやがった」

「年寄か？」

庸は訊く。

「いや。おれたちと同じくれぇだ。のぼせやすい奴だったから、卒中じゃねぇかと思うんだ。身内がいなかったから、長屋の連中で金を出し合って葬式を出してやった——」

「一月くれぇ経った時さ。喜之助の亡魂が出るようになった」太一は茂助に顔を向ける。

「最初は藤次のとこだったかな？」

「ああ。藤次のとこだ。夜中に目が覚めたら足元に立って寂しそうに見てたって言ってた」茂助はブルッと身を震わせる。

「深々と頭を下げて消えたんだそうだ」

「それから毎日さ。一棟に五軒。向かい合わせに二棟建っているから十軒。喜之助を引いて九軒、全部に喜之助の亡魂が出た」

「お前ぇたちも見たんだ」

庸が言った。

「おれん時にゃあ、腹の上に正座された」

と太一。

「おれなんか総後架（共同便所）でしゃがんでた時に、戸の上から覗かれた」

茂助の言葉に、庸は笑いを堪えた。

「葬式まで出してやったのに、化けて出るたぁどういう了見だってんで、長屋の連中は怒った。熊八のとこなんか、子供がびっくりしてひきつけを起こして大騒ぎだったんだ」

太一が苦い顔をする。

「それで、成仏してねぇのは坊主が悪いってんで、寺に怒鳴り込んだ。だけど坊主は、布施は端金だったが回向は手を抜いてねぇってぬかしやがる。しまいには、小坊主に竹箒で追い払われた」

「それから――」太一が引き継ぐ。

「喜之助の部屋で物音がするようになった。おれと茂助の部屋の間だからよく音が聞こえるんだ」

「どんな音だい？」

「最初は歩くような音だった」茂助が言う。

「誰かが空き部屋に入り込んだんじゃないかと思って、心張り棒を持って障子を引き開けた。音はピタッと止んで、中には誰もいねぇ――。次の日も足音はした。恐いから太一と一緒に覗いた。やっぱり誰もいねぇ。とりあえず家主にも話して、音を聞いてもらった。誰もいねぇことも確かめさせた。『誰にも貸せやしねぇ』ってブツブツ言いながら帰ぇって行った。それからも、何かを引きずるような音。誰かが話すような囁き声。突然、ドンッと壁を叩かれることもあった。ろくに寝られやしねぇ。近所の連中にも音は聞こえてて、気味悪がってた。ここのところ前よりは音が少なくなってたんだが、いつまでも放っておくわけにもいかねぇ」

「喜之助って奴は、よっぽどこの世に未練があったのか、恨みがあったのか――。心当たりはあるかい？」

「そんなものはねぇよ」茂助は首を振る。

「気のいい馬鹿でさ。悪いことがあっても、『なぁに、明日は別の風が吹くだろうよ』って飄々としてた。人に嫌なことをされても『きっと虫の居所が悪かったんだろうよ』って笑ってた」

「だけどよ。そうやって自分の内側に不満を溜め込んでたのかもしれねぇぜ」

太一が言う。

「人の心の中までは覗けねぇもんな」

庸が言う。

「そうだよな――」茂助は溜息をついた。

「音が聞こえてるうちは喜之助は成仏してねぇ。成仏してねぇのは葬式に呼んだ坊主のせいに違いねぇから、ただでもう一回経を上げさせようと思ったんだが――、ちゃんと回向したって言いやがって、長屋へ来ようともしねぇ。ほかの坊主に頼む金もねぇ」

「ほかに頼むったって、坊主にも縄張りがあるんじゃねぇかと思ってよ。行くに行けなかったたってのもある」茂助はまた溜息をつく。

「それで、おれが坊主になって経を上げればいいんじゃねぇかってことになった」

「そこの理屈が分からねぇ」庸は首を傾げた。

「偽坊主は亡魂の調伏なんか出来やしねぇだろ」

「喜之助は馬鹿だったから、本物の坊主も偽物の坊主も見分けがつかねぇって太一が言うんだ」

「おれのせいにするなよ。お前も長屋の連中も『そうだ、そうだ』って言ったじゃねぇか」

茂助と太一の言い争いに、庸は笑った。

「馬鹿は喜之助ばかりじゃなかったようだな」

茂助と太一は項垂れて頭を掻いた。

「じゃあ、どうすりゃあよかったんだよ」

茂助は泣きそうな顔で庸を睨んだ。

「悪い、悪い。一生懸命考えて出した答えだったんだろうが、亡魂を騙そうってのは、いい考えじゃねぇ。おいらの知り合いに、調伏が得意な坊主がいる。そいつに相談してみるってのはどうだ？」

「金がねぇって言ったろう」太一が情けない顔をする。

「その日暮らしの者ばっかり集まってる長屋なんだ。僧衣の損料を集めるのも大変(てぇへん)だったんだ」

「業突張(ごうつくばり)の糞坊主だが、話が分からねぇわけでもねぇ。話だけでも聞いてみるさ」

「調伏を受けてくれなけりゃあ、今夜もあの騒ぎが起こるんだろ？」

茂助が言う。

「お前ぇたちの企みが失敗した時から、それは決まったようなもんだろ。日暮れまでになんとかしてやるからおいらに任せてみな」

そう言いつつも、『早まって安請け合いをしちまったかな』と少し後悔したが、今さら前言を翻すのは女が廃(すた)ると、庸は茂助と太一の顔を交互に見た。

「助けてくれるんならありがてぇ……」

茂助はボソリと答えた。

「それじゃあ長屋に戻ってな。糞坊主が調伏を引き受けるにしろ引き受けなかったにしろ、夕方までには知らせに行く」

「引き受けてくれなかったらどうするんだよ」

太一が言う。

「喜之助の部屋に入らず、自分の部屋で布団を被って震えてりゃあいい——。そのかわり、衣についた汚れの洗濯代はなしにしてやる」

「汚れ？」

太一は茂助を見る。茂助は恥ずかしそうに俯いた。

「恐くて小便漏らした。ちゃんと洗ったんだが……」

「ちゃんと乾かしてなかったろ。湿ってたぜ」

「すまねぇ」

と頭を下げる茂助に「さぁ、行こうぜ」と促して太一は腰を上げた。

四

庸は、茂助と太一が帰るとすぐに、浅草藪之内の東方寺へ出かけた。

綾太郎と勘三郎が「手分けしなきゃならないことがあったら」ということでついて来た。

東方寺は小さな破寺のような本堂だが、住職の瑞雲と小坊主が一人住んでいる。

綾太郎と勘三郎は外で待ち、庸は山門をくぐる。

小坊主に案内されて本堂へ入ると、瑞雲は相変わらず昼酒を飲んでいた。

大柄で鼻と頬が酒焼けした中年男である。生臭坊主ではあるが加持祈禱、調伏の腕前は一流で、大名から声がかかることもある。

「今日はなんだ？」

瑞雲は湯飲みを口に運ぶ。

「まずは話を聞いてもらおう」

庸は茂助と太一から聞いた話を語った。

「──ふん。喜之助の家財道具なんかはどうなっている？」

「空き部屋だっていうから、大家が片付けたんだろう。たいてい古道具屋に売っ払って店賃の足しにする」

「ならばその古道具屋と、喜之助が紙屑を売っていた紙漉屋を当たってみろ」

「古道具屋と紙漉屋？」

「喜之助の持ち物に、亡魂を引き寄せる何かがあったのかもしれない」

「だけど、怪異が起こったのは喜之助が死んだ後だぜ」

「最後まで聞け」瑞雲は不機嫌に言う。

「持ち物でなければ、買った紙屑の中に、蠱物（まじもの）（呪いをかける品物）が混じっていたかもしれない。それに亡魂が寄ってきたということも考えられる。蠱物ってのは、置いた跡さえ魔を呼び寄せる。紙に書いた呪符がまだ山積みの紙の中に残っているかもしれない」

「もう溶かして落とし紙（トイレットペーパー）になっているかもしれねぇぞ」

「そうなったら、あちこちの雪隠（せっちん）（トイレ）から妖（あやかし）が出てくるだろうな」

瑞雲は手を叩いて笑った。

「笑い事じゃないぜ」

庸は眉間に皺を寄せた。

「喜之助が紙屑を売ってた紙漉屋は浅草だろう。古紙を砕いて漉き返しをして落とし紙を作る店が集まってるからな。すぐそこだから手間はかかるまい。最近亡魂が現れて困っているという噂を聞いて回ればすぐに見つかる。古道具屋は大家に訊かなきゃ分からんだろうな」

「当たってみる」

庸は腰を上げた。

「集まってきた亡魂は小者だろうから障りはなかろう。もし具合が悪くなった奴はここへよこせ。格安で祓ってやる」

「格安ってこと、忘れるんじゃねぇぜ」

庸は念を押して本堂を出た。

❖

山門を駆け出して、綾太郎と勘三郎と共に走りながら、

「すまねぇが、喜之助の荷物を売り払った古道具屋から話を聞いちゃもらえめぇか。荷物を置いている間に何か怪異はなかったかってな」

「喜之助の荷物に何か憑いてたかもしれねぇのかい？」

綾太郎が訊いた。

「うん。かもしれねぇって程度の話だがな。そういうものが置かれてた部屋には亡魂が集まることもあるそうだ」

「じゃあ、その部屋の屋根裏にいたおれは、大丈夫なんでござんしょうか？」

勘三郎は引きつった顔をする。

「糞坊主が具合が悪くなったら格安でお祓いをしてくれるそうだ。おいらから言われたと言えば、ちゃんと祓ってくれる。もし高いお布施をよこせって言われたらおいらに言ってくれ。とっちめて、金を取り返してやるから」

「分かりやした」

勘三郎は顔を強張らせたまま肯いた。

「じゃあ、気をつけて行きな」

綾太郎と勘三郎は両国橋のほうへ走って行った。

庸は浅草の紙漉屋が集まる界隈へ走った。山谷堀（さんやぼり）にかかる紙洗橋（かみあらいばし）の近くで、少し行けば新鳥越町。庸が思いを寄せる清五郎（せいごろう）が主（あるじ）の湊屋本店（ほんだな）がある。立ち寄りたい誘惑を振り払って、庸は最初の紙漉屋へ飛び込んだ。

そして――、紙漉屋を片っ端から当たったが、亡魂が現れて困っている者の噂はなかった。

庸は川向こうにとって返し、両国出店の松之助に子細を語って、小舟町へ走っていると、向こうから駆けてくる綾太郎と勘三郎に出会った。

「お庸ちゃん。古道具屋のほうはなんにもなかったぜ。念のために、喜之助の道具を買った奴も何人か当たったが、『変なことなんて起こってねぇ。なにかいわく付きの物だったのかい？』って逆に訊かれちまった」

綾太郎は言った。

「そうかい。紙漉屋のほうも無駄足だった」

「こりゃあ、いよいよ喜之助が成仏しねぇで悪霊になっちまったって線かねぇ」

「うーん……。もう一度、瑞雲に訊いて来る」

「急がねぇと日が暮れやすぜ」

勘三郎に言われて、庸は西の空に目を向けた。

「あと一刻半ってとこかな……」

庸は踵（きびす）を返して走り出した。

「お庸さん」追いついた勘三郎が横に並びながら言う。

「昨日の今日で、また亡魂に囲まれるのはちょいと耐えられねぇ。だから、日が高いうちにおれは失礼いたしやすぜ」

「ああ、分かった。世話になったな。両国出店に行きゃあ、以前使った護符が何枚かあるはずだ。松之助から受け取って出入り口に貼っときな」

「そいつはありがてぇ――。それじゃあ、上手くいくことを祈ってやすぜ」

勘三郎はそう言って両国出店のほうへ走った。

「走り通しだろ。疲れねぇか？」

並んだ綾太郎が訊く。

「若ぇから大丈夫だよ」

庸は鼻で笑うが、太股や脹ら脛が張っていて、明日は起きるのに一苦労だろうと思った。

両国橋を渡って、東方寺に急ぐ。

今度は綾太郎と共に山門をくぐった。

「紙漉屋も古道具屋も無駄足だったぜ」

庸は本堂で瑞雲と向き合いながら息を整えた。

「そうか――」

つい今し方小坊主に起こされた瑞雲は大あくびをしながら言った。

「ならば、何が理由だろうな」

「頼りない坊主だな」

綾太郎が小さい声で言った。

「喜之助が理由じゃないのか？」

庸が訊く。

「葬儀をあげてもらった者が亡魂として戻って来ることは滅多にない」

「よっぽどこの世に未練や恨みがあったりしたら別じゃないのかい？」

「そういうことに引導を渡されるのが葬儀だ。それでも戻ってくるのは千人に一人、万人に一人だ。喜之助って奴、それほどの恨みを抱いて死んだのか？」

「表向きはそんなことはなかったそうだが、人の心は他人には分からねぇだろ――」

庸は一つ思いついて言葉を切った。

綾太郎は、人差し指を立てて動きを止めた庸に顔を向ける。

「どうした、お庸ちゃん」

「ちょっと待ってくれ。今、頭の中から何か出て来そうなんだ――」

そう言う庸を、瑞雲は面白そうに見る。

「人は死んだ後、四十九日は彷徨（さまよ）っているんだっけ」

庸は視線を宙に向けたまま言う。

「中陰（ちゅういん）といってな。生きている間にやってきたことの報いが定まって、生まれ変わる先が決まるまでの間が四十九日だ。中陰が満ちて、その日に法要をする」

瑞雲は答えた。

「喜之助が亡魂となって現れたのは死んでから『一月くれぇたった時』、訪れたのは九軒。とすると、『くれぇ』が何日かは分からないが長屋の者のところに現れたのは死んでから三十九日前後。喜之助は気のいい男だったたっていうから、それが本性なら、四十九日過ぎて生まれ変わる先が決まる前に、生前世話になった奴らにお礼を言いに現れたってのはどうだい？」

「まぁ、あり得るだろうな」

「ってことは、喜之助は成仏しているんだろうな」

「葬式をあげてもらった者は滅多に戻って来ないと言ったろうが」

「ならば、長屋に現れる亡魂たちは喜之助とは関係ねぇ。けれど、喜之助の葬式が終わってから現れているならば、葬式に関係あるんじゃねぇかな」

「ふん――。葬式をあげてもらってる奴と一緒に成仏しようと、無縁仏が集まって来ることはよくある。朝夕の勤行の時にも、道を歩いていても、合掌しながら近寄って来る無縁仏はいる」

「そんな時はどうするんだ？」

「一緒に送ってやるさ」

瑞雲の言葉に、庸は「うんうん」と肯いた。

「お前ぇは蠱物は置いた跡でも魔を呼び寄せるって言ったよな。なら坊主はどうだい？　坊主が帰っても、その気配は残っているんじゃないか？」

「残っている。屁をこいた奴がいなくなっても臭いはしばらく残る。悪いものも聖なるものも、屁と同じだ」

瑞雲はゲラゲラ笑った。

「ならば、長屋でしばらく続いていた物音は、遅れて来た無縁仏かもしれねぇ。その証拠に少しずつ音は少なくなっていったと言っていた。坊主の残り香が薄くなったからだ」

「だけど、お庸ちゃん。勘三郎は物凄い数の亡魂を見たんだぜ」

「きっかけがあったんだよ」

庸はニッと笑って綾太郎を見た。

「何がきっかけだったんだ――?」と言った綾太郎の顔に理解の色が浮かんだ。

「偽坊主か！」

「坊主がいないのに匂いに引かれて現れる無縁仏だ。坊主の衣を見て引き寄せられたってことはないかい？」

庸は瑞雲に訊く。

「亡魂に出会った時、素人が下手に念仏など唱えると救ってもらえると思ってしがみつかれるということがある。坊主の姿形(すがたかたち)に引き寄せられるということはあろうな」

「喜之助の霊を騙して成仏させようとして、無縁仏を騙してしまったかい」綾太郎は呆れた顔をする。

「昨夜、ごまんと現れた無縁仏、成仏させてもらわなかったわけだが、今夜はどうするんだろう？」

「昨夜は駄目だったが今夜はと思ってまた集まるだろうな」

庸は言う。

「それだけではないぞ」瑞雲がニヤニヤ笑う。

「大売り出しや大安売りの店先を思い出してみよ。あそこに行けば物が安いと知った者の動きと、あそこへ行けば成仏させてもらえると知った亡魂の動きは同じだ」

「昨夜よりたくさんの亡魂が集まるってわけか」庸は唇を歪めた。

「ならば、瑞雲。そのモノたちを成仏させてくれ。金なら払う」

「そうさなぁ」瑞雲は顎を撫でる。

「だが、お前が出すお布施、回収は出来るのか？」

「長屋の連中はみな貧乏だ」

「ならばお前が出すと？」瑞雲は片眉を上げる。

「儲けにならぬことばかりしていては商売人失格だぞ。愚かな者が自業自得で困っているのだ。放っておけばよいではないか」

「袖振り合うも他生(たしょう)の縁って言うじゃないか。僧衣を貸した縁がある。おいらが怪しんで貸さなければ無縁仏を呼び寄せることもなかったかもしれない。放っておくわけにはいかねぇよ」

「お前んとこが駄目なら、別の貸し物屋で借りてたさ——。今回の件、おれは手を貸さぬ」

「なんでそんな意地悪を言うんだ」

庸は扉の外で青い色を失っていく空を見ながら地団駄を踏んだ。

「痛い目に遭わなければ学ばぬ者たちもいる。お前もその一人だな」

「具合が悪くなったと言う奴がいたら格安で払ってくれるって言ったじゃないか」

「そういう奴が来たら、お前の顔を立ててやるという意味だ。こっちから出かけてやる義理はない」

「そんな……」

「一人前の商売人なら頭を使え」

瑞雲は冷たく言う。

「うーん……」

庸はもう一度空を見る。紫色の雲の縁がまだ茜色である。日は沈みきっていないが、ぐずぐずしていればけやき長屋に着くまでに真っ暗になる。

瑞雲は『こっちが出かけてやる義理はない』と言った。

ならば――。

「連れて来たら成仏させてくれるか？」

「なに？」

瑞雲は眉根を寄せる。

「無縁仏たちをここまで連れて来たら成仏させてくれるかと訊いてるんだ」

庸の言葉に瑞雲は笑った。

「いいだろう。ここに連れて来たらただで成仏させてやる」

「約束だぞ！」

言って庸は本堂を飛び出す。

「お庸ちゃん」

綾太郎は慌ててそれを追う。

五

「どうするんだい、お庸ちゃん」

綾太郎は庸に並んで走る。

「分からねぇよ。走りながら考える」

庸は前方を睨む。

紫の雲の縁から、茜の光は消えつつあった。

両国橋を渡って小舟町へ走る。

空は東から藍色になり、星が二つ、三つと現れる。

「思いついたかい、お庸ちゃん」

「まだまだ……」

浜町堀にかかる栄橋を越えて、富沢町、長谷川町を過ぎて六十間川を渡り、堀江町、小舟町と進んだ。

体を斜めにして角を曲がり、けやき長屋に飛び込む。

見上げる空にはまだ昼の名残の光があった。

路地に茂助と太一が立っていた。

「こっちだ、こっち、お庸さん！」

茂助が手招きしながら、目の前の腰高障子を指差す。

「遅くなってすまなかったな」庸は息を切らせながら腰高障子を開けて、中に入る。

「自分の部屋に入ってな」

庸は追い払うように手を動かす。

茂助と太一は急いで左右に分かれ、部屋に入った。

「さてと」

庸は部屋の中に入り、茂助が用意してくれたらしい手燭の蠟燭に火を灯す。

綾太郎も座敷に上がり込んで、

「どうするんだい、お庸ちゃん」

と不安げな顔を庸に向ける。

「どうするかなぁ」庸は裁付袴の脚をあぐらに組んで、膝に肘を置き頰杖をつく。

「亡魂の群を東方寺まで導く……。どう考えたって、難しいよなぁ」

「考えの助けになりたいが、どうすりゃあいいのか見当もつかねぇ」

手燭を挟み、綾太郎も庸と同じ格好をする。

「これまでの出来事の中に、何か手掛かりがあるような気がするんだ」

庸は言った。

「なら、初めから整理してみるかい」綾太郎は腕組みをする。

「茂助が坊主の格好をして調伏の真似事なんかしたから、亡魂が集まった――」

そう言った時、壁の向こうから声がした。

「そりゃあ、本当か？」

茂助の声だった。

戸の開く音がして、すぐに茂助が顔を出した。

「おれのせいで亡魂が集まったってのか？」

「瑞雲和尚の話によればだ」綾太郎が言う。

「お前の僧衣を見て、成仏させてくれるんじゃないかと思ってすがりに来たんだとよ」

「そうなのか……」茂助は座敷に上がり込み、正座して身を縮めた。

「とんでもねぇことをしちまったんだな……」

外でまた戸が開く音がして、太一が怖ず怖ずと顔を出した。

「おれも話に乗っちまったから責任がある」

太一は茂助の横に座る。

「お前ぇたちがいても屁の突っ張りにもならねぇよ」庸は追い払うように手を振る。

「部屋に戻ってな」

庸はそう言った瞬間、ハッとした顔になる。

「屁か――。瑞雲は、『屁をこいた奴がいなくなっても臭いはしばらく残る。悪いものも聖なるものも、屁と同じだ』と言ったよな」

「ああ、そう言った」

綾太郎は肯いた。

その時、ミシリと音がした。

「始まったぜ……」

茂助が天井の辺りに視線を彷徨わせる。

太一は身を縮めて震えた。

ミシリ　ミシリと音が連続する。

ドンッと大きな音が屋根から聞こえた。

「ひっ！」

茂助と太一は体を丸めて頭を抱える。

綾太郎はすがるような目で庸を見つめている。

庸は目を輝かせて、

「坊主の匂いに引っ張られるんなら、カミサマの気配にも引っ張られるかもしれない」

　と言った。

「カミサマなんてどこにいるんだ？」

　綾太郎の声は、ドンッ　ドンッという激しい音の連続にかき消されそうになった。

　部屋の中に白い靄が漂い始めた。

　すぐに靄は凝集して、人の形をとった。

　天井から逆さ吊りになっているモノ。

　畳から滲み出し、這い出して来ようとするモノ。

　虚ろな目で立ち尽くすモノ――。

「ここにいるんだよ」

　庸は胸元から守り袋を引っ張り出した。

「ご利益のあるお守りなのかい？」

　綾太郎は両手で耳を塞ぎながら大声で言った。這い寄ってくるモノを蹴るが、足は亡魂の体をすり抜けた。

　天井から落ちたモノが、畳から這い出したモノが、立ち尽くしていたモノが、庸に歩み寄る。

「この守り袋は、おいらの実家の家神さま、いや、家神さま見習いと繋がってるんだ」

庸は守り袋を首から取って、高々とかざした。

庸の姉、りょうは、庸が生まれる前に亡くなった。その魂は今、家神となるべく修行中であった。守り袋は、瑞雲がりょうの魂と庸を繫げるために授けたものだった。

りょうの魂は相変わらず修行で忙しいらしく、掌に伝わってくるのはその気配だけだった。

大丈夫かなという不安を胸の奥に押し込めて、

「お前ら！」庸は立ち上がって、自分を取り囲む白い人影に言った。

「おりょう姉ちゃんが――、いや、おいらの家の家神さま見習いが、成仏させてくれるところへお前らを導くぜ。さぁ、ついて来な！」

庸は守り袋をかざしながら歩き出す。亡魂の群が割れて、三和土までの道を作る。

庸は三和土に降り、草履を履いて外に出た。

亡魂たちはその後ろについて外に出る。

上手くいった――。

庸はホッとした。

腰高障子を少しだけ開けて覗いていた長屋の者たちが悲鳴を上げて戸をぴしゃりと閉める。

庸は長屋の木戸を出た。

まだ宵の口であったから、道には通行人がいた。

庸と、その後ろに続く亡魂の群を見て悲鳴を上げて逃げる者。そんな人々を不思議そうに見る者――。亡魂は全員に見えているわけではないようだった。

亡魂は次々に木戸を出るが、行列は終わらない。

綾太郎と茂助、太一は、しばらく戸口に立って亡魂が出て来るのを見ていたが、

「こりゃあきりがねぇぜ」

と綾太郎が言ったのをきっかけに、庸を追った。

木戸を出ると、一丁ほど先に庸の姿があり、その後ろをゾロゾロと白い亡魂たちが歩いている。亡魂はまだまだ長屋の木戸から出て来る。

「まるで百鬼夜行だぜ」

綾太郎は呆れたように首を振る。

「違いねぇ」

茂助と太一は肯いた。

二人は怯えた顔の通行人に亡者の行列のことを問われるたびに立ち止まって説明した。

行列が堀留町に差しかかった時、前方から走って来る者がいた。人影は三人。

「お庸！　お前ぇ、何やってやがるんでぇ！」

北町奉行所同心、熊野五郎左衛門と、その手下二人であった。

「おう、熊五郎。いいところに来た」

庸は手招きする。

「小舟町にお化けがゾロゾロ歩いてるって、馬鹿なことを言ぅ奴が何人もいて来てみれば、お前ぇ何をやらかした？」

熊野は庸の後ろに続く亡魂の列を気味悪げに見る。ところが、手下の虎吉と康造はきょとんとした顔で熊野を見ている。

「お前ぇには見えるんだな。なら話が早ぇ。『心配することはねぇ』って言いながら、八丁堀が露払いしてくれりゃあ、町の人らも安心すらぁ」

「露払いだぁ？」

「成仏させるために浅草の東方寺に連れて行くところなんだ。おりょう姉ちゃんの御利益が凄くて無縁仏が途切れねぇ。早く連れて行かねぇと、こいつらが江戸中に散らばっちまうぜ」

「ううむ……」

熊野は口をへの字にして唸る。そして、クルリと向きを変え、歩き出した。

「心配ねぇからな。浅草の寺に成仏させに行くんだ。通してくんな」

と、大声で通行人に告げる。

庸は守り袋を持った手を高々と挙げ、

「瑞雲待ってろよ！　腰を抜かすんじゃねぇぞ」

と笑った。

夜の町を亡魂の行列を従えて歩く庸の姿は、翌日の読売（瓦版）で大江戸を賑わせたのであった。

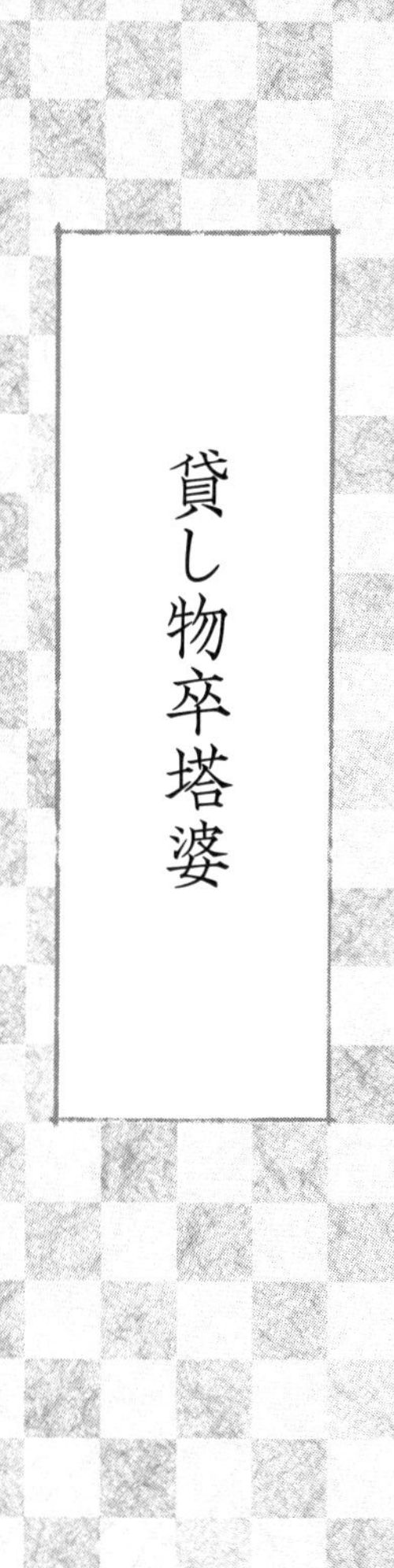

貸し物卒塔婆

一

日本橋北の小舟町から浅草の東方寺まで続いた亡魂の行列は、読売にもなって、しばらくの間江戸中の話題になった。

行列を導いていたのが湊屋両国出店の娘店主らしいという噂で、出店には連日物見高い江戸の老若男女が見物に押し寄せたが、庸に一喝され散り散りに逃げた。

庸は新鳥越町の本店に謝りに行ったが、主の清五郎は、「いい宣伝だ。結構、結構」と笑った。

そんな騒ぎも十日ほどすると収まり、いつもの日々が戻ってきた。

雨の日が少なくなり、空が晴れ渡った日は、蟬が鳴くようになった。

そろそろ蚊帳を借りに来る者がふえる時期なので、庸は本店から大量の蚊帳を回してもらうよう話をつけた。

三人の男が両国出店の土間に入ってきた。仕立てのいい着物を着ているが、どこか崩れて見える若い男たちである。目つきも悪いが、髭や月代は綺麗に剃られていて、金には困っていない様子――。

庸はその三人組に見覚えがあった。常連客ではない。いつだったか、実家に住んでいた頃の友達と、茶店で世間話をしていた時、通りかかった男たちである。その時友達が『評判の悪い男たちよ』と噂を耳打ちしたのである。

本町二丁目の小間物問屋柴田屋(しばたや)の仙一郎(せんいちろう)。

十軒店本石町の油問屋嶋屋(しまや)の秀次(ひでじ)。

室町一丁目の酒問屋灘屋(なだや)の武三郎(たけさぶろう)。

いずれも大店(おおだな)の跡取り息子である。

無銭飲食、強請(ゆす)りたかり、気に入った娘を見かけるとしつこくつきまとう。挙げ句の果てに無理やり手込めにする――。

本当なら奉行所に捕らえられるところだが、父親たちが金で解決してしまうから、三人組は図に乗って好き勝手を続ける――。そういう噂である。

『そんな奴らなら、代替わりした途端、店は潰れちまうさ』

庸は言ったが、友達は首を振って、

『それがさ、連中は、〝江戸には若い頃にずいぶん暴れていた大店の旦那ってのがたくさんいる。世の中は、心を入れ替えれば受け入れてくれる度量がある。それに真面目にコツコツやってきた者よりも、悪さに走ったが立ち直った者のほうをもてはやす。おれたちみてぇな奴には都合良く出来てるのよ。悪さをするのは若い時だけ。どうせ店を継げば好き勝手なんか出来やしねぇ。今のうちに後悔しないように遊んでいるのさ〟なんて嘯(うそぶ)いてるんだって』

『うーん。一理あるな』

と庸は言った。確かに世の中、〝心を入れ替えた人物〟には甘いところがある。だからといって、後から善人になるから好き勝手をやっていいということにはならない。そのほかにも、葭町(よしちょう)の蔭間(かげま)たちから、宴会に芸者らと共に呼ばれて、酷い恥をかかされたと聞いたこともあった。

「亡魂の行列を率いてたってのはお前(め)ぇかい？」

先頭の男が板敷に座りながら言った。秀次である。三人組の二番手だと聞こえていた。

土間に立っていた松之助(まつのすけ)が何か言おうとしたが、庸はそれを制し、

「今頃見物に来たかい。そういう奴は客じゃねぇ。とっとと帰(け)ぇってくんな」

と追い払うように手を振る。

「客だよ、客。物を借りに来たんだ」秀次は首を伸ばして庸の顔を覗き込む。

「なんでぇ。おれたちを知ってるのか？　評判の悪い奴らだから物は貸さねぇなんて言わねぇだろうな」

「評判は悪くても、この店に悪さをしたわけじゃあねぇ」

武三郎が口を開いた。三番手の男である。頭(かしら)の仙一郎はニヤニヤ笑いながら見ているだけだ。

「湊屋ともあろうものが、評判が悪いってだけで物を貸さねぇなんて言わねぇよな」

「言わねぇよ。貸した物をまっとうに使って、ちゃんと損料(そんりょう)を払ってくれるんならな」

庸は平然とした顔で言う。

「まっとうに使うってどういうこってぇ？」

武三郎が眉をひそめる。

「分からねぇかい。頭が悪ぃな」

「なんだと！」

武三郎が板敷に片脚を載せて凄む。

「その言い方が気に入らねぇなら、馬鹿って言い直してもいいぜ。湊屋は本店、どこの出店も脅かせば言うことを聞く店じゃねぇ。その汚ねぇ足をどけやがれ」

庸の言葉に気圧されて、武三郎は板敷から足を降ろした。

「情けねぇ奴だな。相手に噛みつかれればすぐに言うことを聞くかい」

庸は鼻に皺を寄せた。

「なんだと、この……」

武三郎はもう一度足を上げたが、庸が帳場机をバンッと叩いたので慌てて引っ込めた。

「下っ端じゃ話にならねぇ。そこで突っ立って眺めてるお前ぇが頭だろ。何か借りるんならさっさと言いな。いつまでもダラダラと絡まれちゃ、商売の邪魔だ。言っとくが、お前ぇらが店の品物を壊しやかったら、お恐れながらと奉行所に訴えるぜ。お前ぇらの親父が出て来て金で解決しようとしても無駄だ。積まれた金は叩き返す。さぁ、何を借りてぇ！」

　庸は啖呵を切った。

　仙一郎はニヤリと笑うと、

「顔を洗って出直して来るぜ」

と穏やかに言い、前に出ていた二人の襟首を掴み、外へ引っ張り出した。

「松之助！　塩持って来い！」

　庸は怒鳴る。

「用意しております」

　松之助はニッコリと笑った。手には塩壺を抱えている。庸と三人組がやり取りしている間に持って来たと見える。

　松之助は外に出ると、小さくなる三人の背中に向かって、

「おととい来やがれ！」

と、塩を撒いた。

　武三郎がさっと振り向いて「なんだと、この野郎！」と怒鳴ったが、仙一郎にグイッと襟を引っ張られてすごすごと歩き出す。

　松之助の周囲で拍手が起こった。

　見ると、通行人や近所の店の者たちが十人ほど立って、松之助に手を叩いている。

　どうやら三人組の悪さを知っている者たちのようだった。

その中に隣の煙草屋の孝吉と峰がいた。

「怒鳴り声が聞こえてさ――」峰が言った。

「覗いたらあの三人組じゃねぇか。お庸ちゃんが手こずったらウチの宿六を放り込んでやろうと思ってたんだけど、なんのこたぁない。お庸ちゃんがやっつけちまったね」

「松之助もなかなかやるじゃねぇか」孝吉が腕組みして感心したように首を振る。

「あいつら相手に、おととい来やがれなんてなかなか言えねぇぜ」

「お化け以外なら、割と平気です」

松之助は笑った。

足を止めていた通行人は歩き出し、店の者たちは商売に戻り、松之助は少し興奮しながら土間へ入った。

「みんなからチヤホヤされて、いい気になるんじゃないぜ」

庸はニコニコしながら言う。

「お庸さんもね」

言って、松之助は怒鳴られる前に奥へ入った。

二

庸の店にほど近い、横山町の居酒屋である。

三人はまだ開店前の店に無理やり上がり込み、小上がりに座って酒を飲んでいた。

「仙一郎。なんで止めたんだよ」

武三郎が顔を歪めて酒を啜る。

「調子づかせてひっくり返す。そっちのほうが面白ぇだろ」

仙一郎は香の物をつまむ。

「何か考えがあるのか？」

秀次が仙一郎の杯に酒を注ぐ。

「どういう手を使うか考えるために庸の店を覗きに行ったんだ」

「亡魂を率いた小娘を見物しに行ったんじゃなかったんだ」

武三郎は意外そうに言う。

「湊屋両国出店のお庸。男勝りの跳ねっ返りだって噂だからよぉ、いつか手込めにしてぇと思ってたんだ」

「手込めにって――」秀次が眉をひそめる。

「後ろには湊屋清五郎がいるぜ。得体の知れねぇ野郎だって噂だ」

「こっちにはお城にたくさん味方がいる。色々と手を回して黙らせることも出来るさ」

「ああ、なるほど」

武三郎は肯いた。

「男勝りの啖呵を切る小娘が、ヒーヒー言いながら、おれに裸に剝かれるんだ。それで泣きながら助けてくれと頼む。おれは組み敷いたお庸の頰っぺたを二度、三度、叩いてやる。たっぷりと楽しいことを仕込んで、おれがいなきゃ生きていけないってなってから捨ててやるんだ。考えただけでゾクゾクするぜ」

「ひでぇ男だぜ」

秀次は苦笑する。

「おれもおこぼれをもらえるかい？」

武三郎は舌なめずりをせんばかりに訊いた。

「いいよ。おれが飽きたらな」

「お前ぇは塩撒いた手代のほうがいいんじゃねぇのか？」

秀次が言う。

「もちろん、あっちもいただくさ」

武三郎は下卑た笑みを浮かべた。

「座敷に呼んだ蔭間も虐め倒しやがったからなぁ。あの手代も気の毒なこった」

秀次は杯を干し、手酌（てじゃく）で酒を注ぐ。

「お前ぇはどうするんだ？」

武三郎が秀次に訊く。

「おれは気の強ぇ女は嫌いだ。おとなしいのがいい。お庸はお前ぇたちに譲るよ」

「なんでぇ。乗り気じゃねぇのかい？」

仙一郎が訊く。

「親父が、そろそろ仕事を継げと言い出してさ。上方の油屋に修業に出されるんだ」

「いつから？」

仙一郎と武三郎が同時に訊く。

「来月」

「じゃあ、これが最後になるな」

「いや、この飲みが最後だ」秀次は懐から財布を取り出すと、小銭を摑みだして床に置いた。

「次に顔を合わせる時は嶋屋の旦那だ。悪く思うな」

秀次は立って小上がりを降りた。

「じゃあな。今まで楽しかったぜ」

秀次は少し寂しそうな顔をして店を出て行った。

「ちぇっ。酒がまずくなるぜ」

武三郎は言って徳利の酒を最後の一滴まで杯に垂らす。

「おれたちはああならねぇように楽しもうぜ」

仙一郎は空になった徳利を振って店主に酒の追加を注文する。

「え？」

武三郎は片眉を上げる。

「秀次の奴、寂しそうに出て行ったろ。まだまだ遊び足りなかったんだよ」

「ああ、そうだよな」武三郎は膝を叩く。

「晴れ晴れとした顔で足を洗いてぇもんだぜ」

秀次は懐手をしてブラブラと来た道を戻った。

父からすぐに跡継ぎのための修業をせよと言われて以来、今まで感じたことのなかった罪悪感に苛まれていた。

飲み食いの代金を踏み倒した時の、店主たちの悲しげな顔。手込めにした娘たちの口惜しそうに下唇を噛んだ顔――。

そういう顔が浮かんでは消え、そのたびに心の中に重いなにかが積み重なっていくようだった。

きっぱりと足を洗ったって、やったことが消える訳じゃねぇ――。

そういう思いが強まっていくばかりだった。

さりとて、今まで泣かせた人々を一人一人訪ねて謝る度胸はない。

上方へ行ってほとぼりが冷めれば、この心の重さも消えるかもしれない。

秀次は湊屋両国出店の前に立っていた。

庸と松之助が眉をひそめる。

「何を借りるか決まったかい」

庸はきつい口調で訊く。

「いや。仙一郎と武三郎は執念深いから気をつけなって言いに来たんだ」

秀次は言った。

「お前ぇはどうなんだい？」

「足を洗った」

「足を洗ったからって、今までやってきたことがチャラになるわけじゃねぇんだぜ」

庸はゆっくりと言った。

秀次は自分の心に居座っている言葉を言われてドキリとした。そして、口元に苦笑いが浮かぶ。

「余計なこと、言うんじゃねぇよ」

秀次は踵(きびす)を返し、家路を辿った。

❖

「仙一郎と武三郎は、何か仕掛けてくるってことですよね」松之助が言う。

「何か借りに来たら断りましょう」

「二人が恐くて物を貸さなかったら、湊屋の名に疵がつく――、というより、連中が疵をつけるような話を言いふらすだろうよ」

「お庸さんが傷つくよりもましですよ。旦那さまだってそう仰るはずです」

「おいらはそう思わねぇ。二人組に威（おど）されたが、ちゃんと商売をしたと世間に言われてぇ」

「お庸さんが仙一郎らに物を貸さなくても、世間は触らぬ神に祟りなし。よくやったって言ってくれますよ」

「連中は神じゃねぇよ。ただのろくでなしだ」

「それじゃあ、さっきみたいに礼を失したやり方で来たなら、わたしが本店の代理として断ります。それでようございますね」

「うむ――」

「そんなことはありゃあしないでしょうが、ちゃんとした態度で物を借りたいというのなら、お庸さんが対応してください。向こうも負けを認めたということでございましょうから」

今回は松之助も意地になってこっちを守ってくれようとしているみたいだ――。と庸は思った。こちらが折れてやらなければ、話はいつまでも終わらない。

「分かったよ。そうする」

とは言ったものの、耳に入ってくる噂が本当だとすれば、仙一郎たちがあれぐらいで負けを認めるとは思えない。秀次の警告もある。

次は下手（したて）に出て何か仕掛けてくるかもしれない。油断だけはしないように心がけなければ――、と庸は思うのだった。

三

翌日の昼頃、仙一郎が一人で現れた。きちっとした身なりで、土間に入る前に深々と頭を下げ、

「昨日は失礼しやした」

と言う。

もちろん、庸は警戒を解かずに、まずは黙って仙一郎の表情を観察した。

眉を心持ち八の字にして、反省している様子ではある。

松之助は『騙されてはいけませんよ』と言いたげに庸を見ている。

しおらしい態度は、こちらを油断させる芝居であろうとは思った。だが、表面上で

あれ失礼したと謝っているのだから、こちらもそれに合わせなければならない。

「分かればいいんだよ。で、何を借りに来た？」

昨日のことをしつこく云々すれば、『こっちが謝っているのにその態度はなんだ』と逆手に取られるかもしれない。さっさと用件に入らせたほうがいいと判断したのである。

「卒塔婆を借りてぇんで」

「卒塔婆？」意外な品物に、松太郎は頓狂な声を上げる。

「何に使うんです？」

卒塔婆とは追善供養に使う細長い板である。梵字や戒名、年忌、施主の名前などが書かれており、墓石の後ろに立てられる。

「悪さに使うんじゃありやせんよ。肝試しをするんです。知り合いの百姓の家に、耕作をやめた畑がありやしてね。丘の斜面で、すぐに深い森になっておりやす。そこに卒塔婆を立てて墓所に見立てて肝試しをしようって思いやしてね」

「季節が早かねぇかい。肝試しはもっと暑くなってからするもんだろ」

「暑いのは苦手でござんしてね。夏の肝試しは肝は冷えても体は汗だくになりやす。家なら蚊遣りも焚けやすが、森ん中じゃヤブ蚊に刺され放題でござんすからね」

「たかが肝試しに卒塔婆まで用意するなんて酔狂だな」

「墓所でやりゃあ、本物の亡魂が出てくるかもしれねぇ。おっ恐ねぇじゃねぇですか。

だからそういうところでやろうって話になったんでござんすよ。町で悪さをするよりはよろしゅうございましょう。肝試しの後の宴も、田舎ならば多少騒いでも近所の迷惑にはならねぇって考えで」

「亡魂を率いたお庸さんの店から借りたってことで、怖さを増そうって魂胆ですか？」

松之助が言う。

仙一郎はニヤリと笑った。

「ご明察で」

「店にある卒塔婆は芝居用のものだが、浅草奥山の小屋に貸し出してる。あんまり数はないが、幾つ必要だ？」

「十枚ほど。もっと多くても構いませんが、それ以下では雰囲気が出ません」

「うーんちょっと足りないな」

「無い物はない湊屋さんでございますよね」

「それは『無い物は貸せない』って意味もあるんだよ」

「せっかく湊屋さんに借りるんだから、新品の、いかにも小道具って感じの物は駄目ですよ。肝試しに似合うようなやつを頼みます」

「どうせ夜にやるんだろう。暗くて見えやしないぜ」

「明るいうちに道筋を確認するんですよ。その時に怖がらせたいんで」

「卒塔婆だけで墓石はいらないのか？」

「墓石は重いですからね。たかが肝試しにそこまではしませんよ。草の中に卒塔婆が立っているだけで充分雰囲気は出ます」

「ああ——、なるほど」

「それで、持って来て欲しいんで」

「卒塔婆をその百姓家までですか？　場所は？」

「板橋で」

　両国から板橋までは三里（約一二キロ）ほどである。

「ちょいと遠いな。手下に頼めばいいじゃないか」

「こっそり進めて脅かしたいんですよ——。それに、お庸さんに、悪さに使うんじゃないって知ってもらおうと思いまして」

「ふむ——」

　考え込む庸の視野の端っこで松之助が小さく首を振っている。

「分かった。行ってやる」

「お庸さん……」

　松之助は眉根を寄せる。

「ただし、供は連れて行くぜ。卒塔婆十枚は結構な重さだ」

「構いませんよ。運び賃もお支払いいたします——。で、いつまでに用意出来ます？」

「今日中に。明日一番に届ける。百姓家までの絵図を描いてくんな」

「わたしがご案内しますよ」

仙一郎は微笑む。

「そうかい――」

庸がそう言うと、仙一郎は松之助を振り返った。

「もし心配なら、用心棒をつけてもよろしゅうござんすよ」

と笑った。

「左様ですね。それは必要かもしれません」

松之助は仙一郎を睨む。

「本店に迷惑かけちゃ駄目だぜ」

庸は即座に釘を刺した。

「はい……」

松之助は困ったような顔になって返事をした。

半蔵にでも頼みに行くんじゃねぇかと思ったら当たりだったようだな――。

よほどのことがない限り、本店には手を借りたくない。『庸に任せておけば間違いない』と言われるようになりたい。

それに、本店に泣きついて用心棒などつければ、仙一郎はこちらを甘く見るだろう――。

「それじゃあ、明日の朝、お日様が顔を出した頃にお迎えに上がります。帰りは昼過ぎでございましょうから、午後はいつも通りのお仕事が出来ます」

仙一郎は一礼して帰って行った。

「さて、卒塔婆を調達して来なきゃならないな」

庸は帳場を立つ。

「どこで調達するんです？」

「瑞雲のところだよ。卒塔婆は追善供養のたびに取り替える。古い物を譲ってもらうんだ」

「えっ？　本物をですか？」

「あいつは取り替えた卒塔婆から魂抜きをして、竈の焚きつけに使ってるんだ」

「なんと罰当たりな……」

「位牌も卒塔婆も、魂抜きをすればただの板きれだから構わないんだとさ」

「まぁ、瑞雲さんが仰るんだからそうなんでしょうけど、卒塔婆で炊いた飯なんて、わたしは喰えません」

松之助は首を振る。

「何で炊こうと飯は飯さ」

「左様ですかね……。お庸さん一人で十枚の卒塔婆は重いでしょうから、わたしが行って参りましょう。お庸さんは店のほうをよろしくお願いします」

松之助は土間に降りた。

「そうかい」と、庸は帳場に座り直す。

「すまねぇが頼むぜ」

「はい。それでは行って参ります」

松之助は店を出た。

七ツ（午後四時）を少し過ぎた時、松之助は縄で縛った二十枚の卒塔婆を背負って帰ってきた。

板敷に卒塔婆を降ろす松之助に、

「あれ、二十枚くれぇあるんじゃねぇか？」

と庸は訊いた。

「瑞雲さんが多いほうがいいだろうって。同じ重さの薪代程度で買い取れました」松之助は答えた。

「風呂敷を持っていかなかったのが失敗でした。瑞雲さんに『風呂敷に包んでもらえませんか』と言ったら『焚きつけを風呂敷に包む奴がどこにいる』と、このまま背負わされました。ここまでの道筋で往来の人たちの薄気味悪そうな視線が痛い、痛い」

「ご苦労だったたな」

庸は苦笑した。

「途中、葭町に寄って、綾太郎さんに誰か卒塔婆を板橋まで運んでくれる人を紹介してくれって言ってきました」

松之助の言葉に庸は片眉を上げる。

「葭町へ行くんなら、ここに卒塔婆を置いてからでもいいじゃねぇか」

「卒塔婆を置いてから『葭町へ行って来ます』なんて言ったらお庸さんに『蔭間たちに迷惑をかけるんじゃねぇ』って言われそうでしたから。蔭間さんたちと仙一郎は因縁があるんでしょ？　喧嘩にでもなったらってお庸さんは心配するんじゃないかなって」

「うん……。そうだな」

確かに、松之助が葭町へ行くと言ったら、止めていたろう。本店も駄目、葭町も駄目となったら、松之助は用心棒探しに困る――。

「綾太郎さんには、仙一郎は表向き心を入れ替えた風を装っていますから、それに合わせて欲しいって言い含めましたんで」

「綾太郎は承知したかい？」

「分かった、お庸さんの商売の邪魔にはならねぇよって言ってくれました。でも、仙一郎は心底ろくでもねぇ野郎だから気をつけなよと言伝られました」

「そうか――。分かった」

庸が『それでよし』とは言わなかったので、松之助は少し心配げな顔だった。

庸は奥から風呂敷を数枚持ってきて、卒塔婆を包み、背負いやすいように紐を結びつけた。

四

空が白み始めた頃、庸は雨戸を開けようと潜り戸を出た。

薄暗がりの中、店の前に高さ三尺（約九〇センチ）はありそうな大きな石のような物が置かれているのに気づいた。

「誰でぇ、こんな悪戯しやがったのは……」

ブツブツ言いながら石を蹴り飛ばそうとした時、

「悪戯じゃねぇです」

と、石が口をきいた。

「わっ！」

庸は驚いて二、三歩後ずさった。

大石が動き、ニョキニョキと伸び上がり、高さ六尺を超える影となった。

「綾太郎さんに言われて来やした。南部嶽と申しやす」

「なんぶだけ……。相撲取りかい？」

庸は乱れた息を整えながら訊いた。

「へい。力仕事と用心棒の役目だって聞きやした」

「お前ぇさんなら見ただけで乱暴するのを諦めらぁ。だけど、力仕事のほうは、少々もの足りねぇかもしれねぇな」

庸は雨戸を外しながら言う。

空が明るさをたたえ始めると、南部嶽の姿がぼんやりと見えた。

縞の着物を窮屈そうに着た偉丈夫である。顔の肉付きもよかったが、目鼻立ちは整っていた。

「お前ぇさんも蔭間かい？」

庸は南部嶽を土間に招きながら訊く。

「へい。男と裸でぶつかり合いやすから、相撲取りは色んな意味でいい仕事だったんでござんすが――」南部嶽は板敷に腰を下ろしながら戯(おど)けたように言う。

「相手を投げ飛ばしたり、張り飛ばしたりするのが、どうにもかわいそうで、廃業いたしやした」

南部嶽は照れたように笑った。

「そんなに気が優しくて用心棒が出来るのか？」

庸は訊く。

「相手がこっちを傷つけようとしている時は別でござんすよ。何回かやったことがありやすんで、ご心配なく」

「お前ぇさんも葭町に？」

「へい。綾太郎さんとは別の長屋でござんすが」

そんな話をしていると、松之助が顔を出した。

「こりゃあ、たいした用心棒でございますね」

と感心したように南部嶽を見上げる。

南部嶽は「どうも」と言って頭を掻き、風呂敷に包まれた卒塔婆を背負った。

胸の前で紐を結ぼうとしたが長さが足りず、「こいつはいけねぇ」と庸は紐を足した。

家々の屋根から目映い曙光が現れる直前、仙一郎がやって来た。

南部嶽を見て驚いた顔をしたが、慌てるふうもない。板橋で襲うつもりがないからか、それとも相撲取り一人くらい屁でもないほどの人数を集めているのか――。

庸はわずかな不安を覚えながら、

「さぁ出かけようぜ。松之助、留守を頼まぁ」

と言って仙一郎に出発を促した。

一刻半（約三時間）ほどで板橋宿に着いた。仙一郎は何度か庸や南部嶽に話しかけたが素っ気ない返事しかなかったので、諦めた様子だった。

仙一郎は宿場の中の辻で右に折れ、そのまま田圃の中を進んだ。

おそらく、目方四十貫（一五〇キロ）は下るまいと思われるのに、南部嶽は疲れた様子もなかった。

前方に小高い丘があり、その向こう側は森である。丘の中腹に百姓家。その右側に広く雑草が揺れている場所があった。仙一郎が言っていた通りの景色だった。

庭に何人かの百姓らしい人影があったが、一人がこちらに顔を向けたと思ったら、そそくさと森の中に入って行った。

「あれはどういうことだ？」

庸は警戒して訊いた。

「おれの姿が見えたから遠慮してるんですよ。時々あの家を借りて乱痴気騒ぎをするもんでね。よく思われてないんです」

「当然だろうな」

庸が吐き捨てるように言うと、南部嶽が大きく肯いた。

緩やかな坂道を登り、右手に草の生い茂る広場が現れると庸は足を止めた。

前を歩いていた仙一郎が怪訝な顔で振り向いた。

「ここに卒塔婆を置いて行く」庸は言った。

「百姓家に運び込むより、運ぶ手間が省けるだろう」

「中でお茶でも差し上げますよ。家の中にわたしの仲間が潜んでいて、入ればなにかされるんじゃないかとお疑いですか？」

「大いに疑っている」と言ったのは南部嶽であった。

「ちょっかいを出されれば、怪我をさせることになる。それは避けたい」

「だそうだ」

庸は言った。

仙一郎は「それではご勝手に」と肩を竦める。

南部嶽は背中の卒塔婆を降ろし、風呂敷を解いて丁寧に畳んだ。卒塔婆は草の上にそっと置く。

「ほぉ。本物じゃないですか。まさか、恐いモノが憑いてるってことはありませんよね」

「大丈夫だ。坊主が魂抜きを終えている」

「肝試しに加わる奴らの都合を合わせなきゃならないので、三日ほどお借りしますよ」

「卒塔婆を借りてぇなんて酔狂はそうそういめぇが、もし来たら調達できる。十日でも二十日でも貸してやるよ。じゃあな」

庸はそう言うと坂を下りて行く。畳んだ風呂敷を懐に仕舞った南部嶽が後を追った。

仙一郎は庸と南部嶽の後ろ姿を見ながら唇を歪め、鼻で笑い、母屋へ向かった。

腰高障子を開けて土間に入ると、板敷に座っていた武三郎が、

「なんでぇ。お庸は帰ぇったか」

「相撲取り崩れが用心棒についてきたから、どっちにしろここじゃあ駄目だった」

「次の手で行くか」武三郎が立ち上がる。

「まずはお庸。その次に、じっくりと松之助だ。楽しみだぜ」

「卒塔婆を二十枚も持って来やがった。お前ぇが運べ」

「なんでおれが。ここの百姓にやらせりゃあいい」

武三郎がしかめっ面を作る。

「おれはお前ぇに頼んだ。お前ぇが善太に頼むんなら、それでもいいが、駄賃を払えよ」

善太とはこの家の主の名である。

仙一郎はヘラヘラ笑いながら外に出た。

五

仙一郎が姿を見せない日が三日続いた。

板橋の百姓家までの道筋で何も仕掛けられなかったから、庸は少し油断していた。

改心はしていないだろうが、湊屋や自分への嫌がらせはしないつもりなのではないか――。

あちこちに迷惑をかける厄介者ではあるが、こちらに実害がないのであれば放っておこう。

困っている人をすべて助けられないということは学んできた。それと同じ。

人に迷惑をかける奴をすべて懲らしめることは出来ない。

助けを求められたり、目の前で事が起こったというのなら話は別だが、あとは降りかかる火の粉を払うだけ。庸はそう割り切ることにした。

蔭間たちに酷い嫌がらせをしたというが、何とかして欲しいと相談されたわけではない。最初に来た時の無礼は叱りとばした。

ならばできるだけ普通の客として接するべきであろう――。

そんなことを考えていた夕刻、松之助が本店へ帰り、そろそろ店を閉めようと思っていた時のことである。

「あの――」

と入り口から中に声をかけてきた者がいた。小さな風呂敷包みを抱えた、商家の手代のような若い男である。

「文(ふみ)を預かって参ったのですが――」

「誰からでぇ？」

男は庸の乱暴な言葉遣いに驚いた様子を見せて、

「本町二丁目の小間物問屋柴田屋の仙一郎さんと仰いました」

「仙一郎――」

庸は帳場を出て、男から文を受け取る。

「ありがとうよ。駄賃はもらったかい？」

庸が訊くと、男は恥ずかしそうに「はい」と答えた。

庸は文を開いて読む。

内容は、卒塔婆を貸してもらった礼と、無事に肝試しが終わったこと。仲間の都合で場所を浅草の慈光寺という破寺に変えたこと。

そして――、商売が忙しくなって返しに行けないので、取りに来て欲しいと書いてあった。卒塔婆は墓所に立てたままだという。

これからだと遅くなるであろうが、大切な貸し物が雨露に濡れると大変であろうし、今日が期限であるから、一人では大変だろうが、今夜中に持っていって欲しいとあった。

「あの野郎――」

庸は顔をしかめた。そのままの顔を男に向けて、

「この文、どこで預かった？」

「すぐそこの辻でございます」庸の表情に怯えたか、男はおずおずと言う。

「こんなに近いんだったら、ご自分で持って行けばと思ったのでございますが、その、わけありの文であろうと思いまして――」

「そんな色っぽいもんじゃねぇよ」

「あの――。お店に帰る途中でございますので、お返事のお使いは出来かねますが」

「いいよ。急いで帰りな。もうすぐ真っ暗になるぜ」

庸がそう言うと、男はホッとしたようにそそくさと店を出て行った。

「仙一郎かその手下は、松之助が帰ったのを見計らって文をよこしやがったな」

庸は呟く。

さて、どうしたものか――。

助けを呼んで大勢で卒塔婆を取りに行けば、面白おかしく尾鰭をつけて噂を広めるだろう。

明日、明るくなってから行けば、一日分の損料を上乗せするために取りに来なかったとか、貸し物を粗末に扱うとか言いふらす。

いずれにしろ、おいらが負けたことにされるだろうな――。

庸は唇を噛む。

ならば、本店へ走って清五郎に相談するか？　清五郎ならば、なにかいい案を授けてくれるかもしれない。

卒塔婆をほったらかしにされた場所は浅草。少し足を延ばせば本店のある新鳥越町。

清五郎に教えを請うてから出かけても、今夜中に卒塔婆を回収出来る。

「まずは出かけるか。浅草まで行く間に、いい案が浮かぶかもしれねぇ」

庸は文を帳場机に放り出すと、店仕舞いを始めた。

浅草に着く頃には、辺りは真っ暗になっていた。

慈光寺はよく知っている。幽霊が出るという噂で有名であった。右手の小路を曲がってすぐである。

まだ木戸は閉まっていない刻限であったから人通りはある。

庸は小路に入り込んで、積み重ねてある空樽の陰に身を潜めた。

道すがら考えた策があった。

仙一郎たちが潜んでいるとしても、破寺の墓所は雑草だらけである。身を隠しながら卒塔婆を回収することは可能ではないかと思った。

仙一郎たちも、こっちを捕まえようと隠れているだろうから、先にその場所を見つける。そうすればそこを迂回して卒塔婆を抜いて集められるかもしれない。

もし無理だったら、その時は清五郎に相談に行く。

出来る限りのことをせずに清五郎に助けを求めるのはよくない――。

「うん。そうだよな。まず、出来るだけのことをやってみなくちゃ」

庸は肯いて、着衣を脱ぎ始めた。

黄色の小袖と臙脂(えんじ)色の裁付袴(たっつけばかま)の下から、黒い単衣(ひとえ)と黒い股引(ももひき)が現れた。

今まで着ていた着物を風呂敷に包み、空樽の中に隠すと、黒い手拭いで頬被(ほおかむ)りをして小路を走った。

狭い路地を幾つか曲がりながら進むと、出口の向こうに慈光寺の山門が見えた。屋根が斜めになり、瓦が半分ほど落ちて、外れかけた門扉の向こうに背の高い芒(すすき)が密生している。なるほど幽霊の噂も出るであろうという姿であった。

庸は路地の出口からそっと顔を出し、左右を見る。人影はない。

素早く道を横断して、門の中に滑り込んだ。

正面に、本堂の影が星空を切り取っていた。

柱の陰に身を潜めて耳を澄ます。仙一郎たちが立てる物音を聞き取ろうとした。

右手の奥で微かに話し声が聞こえた。声をひそめた男の声である。

庸は左側の芒をそっと搔き分ける。

その中に身を進め、また前方の芒を搔き分ける。そうやってゆっくりと本堂の裏手へ向かった。

仙一郎と武三郎、五人の手下は本堂近くに潜んでいた。

山門近くで小さな蠟燭の光が瞬いた。

蠟燭の火は見張りの合図である。庸が来たのだ。それも一人で。蠟燭の動きで庸が進んだ方向まで分かった。

「来たぜ」

武三郎が思わず言った。仙一郎は「しっ」とそれを制す。

「本当に来るたぁ、馬鹿じゃねぇのか」

武三郎は小声で言った。

「意地を張ってるんだよ。可愛いじゃねぇか」仙一郎はニヤニヤ笑った。

「その意地が、自分をとんでもねぇところに追い込んじまう。後悔に歯がみする顔が早く見てぇぜ」

「気づかれねぇように行って、後ろからとっ捕まえな」武三郎は手下に言った。

「驚いて小便漏らすかもしれねぇから気をつけろよ」

「へい」

下卑た笑みを浮かべて手下二人が芒の中に入り込んだ。

風が吹き始め、芒が鳴った。

こちらの動きも隠せるが、敵が近づく音も聞こえない。

「まずいなぁ……」
庸は思わず呟く。
前方の芒が揺れて、隙間から墓石の影が見えた。卒塔婆がぼんやりと白く見えている。
ここまで来たんだからやるしかない。
庸は腰を低くしたまま周囲を見回す。
人の気配はない——、ように思う。
ええい。ままよ——。
庸は前に進んだ。

風の中に甘い娘の匂いがした。
武三郎の手下は風に揺れる芒の動きと音に合わせて匂いのほうへ歩く。
匂いが濃くなった。
「まずいなぁ……」
という囁きがすぐ左で聞こえた。
手下はドキリとして動きを止めた。
すぐに庸が動き出す音が聞こえる。

手下は芒の隙間に庸の影を見つけた。

舌なめずりして距離を詰める。

すぐ目の前に庸の頭があった。

手下は、庸に息がかからないよう、音も聞こえないように、そっと呼吸しながら手を伸ばした。

まずは口を塞ぎ悲鳴を上げられなくして――。

芒の中から手が伸びてきたのに庸は気づかない。

庸が一歩前に出るのと、手が庸を捕まえる動きをしたのが同時だった。

手下の手が空を切り、そのまま後ろに引っ込んだ。

背後で一際(ひときわ)大きく芒が鳴ったので、庸は驚いて身構え、後ろを振り返る。

敵ならば襲って来るはず。しかし、動きはない。

野良犬か？　野良猫か？　穴熊(まみ)かもしれない――。

庸は用心しながら墓石に近づき卒塔婆を見た。瑞雲から譲ってもらった物よりも古く、大分朽ちている。破寺になってしばらく経っているから卒塔婆は貸し物のそれよりもずっと古いのだ。これで見分けは楽になる――。

庸は次の墓石に向かった。

仙一郎と三人の配下は薄笑いを浮かべながら武三郎たちを見送る。

武三郎は毒づいて、もう一人の手下を連れて芒の中に入り込む。

「何やってやがるんでぇ……」

武三郎の手下はなかなか帰って来ない。

武三郎と配下一人は芒の向こうに人影を見つけて近づく。

鬢付け油に獣のようなにおいが混じったものが風に乗って漂ってきた。

お庸ではない。庸を捕らえに出た手下だろうと武三郎は思って、「おい」と小さく声をかけた。

人影はすっと沈み込むように消えた。

武三郎と手下の一人は、身構えた。

おれたち以外に、誰か男がいる――？

武三郎は目を凝らして周囲を見回す。

四方の芒がザワザワと鳴りだした。

風ではない。

誰かがわざと揺らしているのだ。

「くそっ。囲まれたか――」

武三郎は仙一郎に知らせようと、口を開けた。

何本もの腕が芒の中から現れて、武三郎と手下の口を覆い、手足を摑み、引き倒した。

墓所のほうで激しく芒が鳴った。

「捕まえたな」

仙一郎はほくそ笑んで本堂の階段を上がって中に入る。そして火付け道具を出し、幾本も立てた燭台に火を灯した。

仏像、仏具もないがらんとした本堂の中央、燭台に囲まれたそこに、布団が敷かれていた。

仙一郎は廻廊に出て、武三郎が庸を連れて来るのを待った。手下三人も廻廊に上がる。

山門から本堂までの間にも芒が繁っている。

その芒の中に筋を描くように何かがこちらに向かって来る。

三つ、四つ――。六本の筋が本堂の手前まで来て止まった。

「武三郎。ふざけてないで、庸を――」

仙一郎は言葉の途中で気がついた。

この寺にいるのは自分と配下三人、武三郎と配下二人、そして見張りの一人。全部で八人だ。その中の三人はここにいて、見張りと武三郎たちは庸を捕らえに出ている。

だが、芒の中を進んで来たのは六人――。

数が合わない。

「誰でぇ？」

仙一郎は身構えて鋭く訊いた。

清五郎たちが庸を助けに来たか？

それとも蔭間たちか？

「なんにしろ失敗か」仙一郎は舌打ちする。

「ずらかるぜ」

仙一郎は廻廊の右へ走る。

「へい」

手下三人は後に続く。

欄干(らんかん)に足を載せて飛び下りようとした仙一郎はギョッとして動きを止めた。

芒の中に何か蠢(うごめ)いている。

ユラユラと芒の動きに合わせて揺れているのは、無数の白い手であった。

早く飛び下りろと言わんばかりに招いている。

「なんだ、こりゃあ……」

仙一郎は廻廊の左に走る。しかし、そこにも無数の手が揺れていた。寺の裏手も同様であった。

仙一郎は廻廊を一周して正面に戻る。

芒の中の手は廻廊下まで近づき、縁を摑みよじ登ろうとしている。

正面は芒の中の六人の人影だけ。

「くそ。突っ切るぜ！」

仙一郎は廻廊を駆け下りる。

❖

綾太郎と蔭間十人は、山門の見張りと武三郎、その配下二人を捕らえた後、縛り上げた四人を南部嶽に預けて本堂に向かった。

仙一郎が廻廊を走り回っている。

「何をやってやがるんでぇ……」

と呟いて本堂に近づくが、ピタリと足を止めた。前方、本堂の前の芒の中に、六つの人影がある。

「数が合わねぇ……。誰がいるんだ？」

綾太郎は言い、後ろに控えた九人の蔭間は身構えた。

仙一郎が階段を駆け下りて来た。

六つの人影が消えた。

綾太郎と蔭間たちはゾッとした。まるで亡魂のような消え方——。

仙一郎と三人の手下が芒を掻き分けて駆けて来る。

綾太郎は気を取り直し、叫ぶ。

「とっ捕まえろ!」

綾太郎の号令と共に、十人の蔭間が前に出て、仙一郎たちに飛びかかった。

芒がザワザワと騒がしい。

庸は身動きを止めて様子を窺った。

男の声が聞こえるが、何を言っているのか分からない。だが、こちらに向かってくる様子はない。

何かで仲間割れしているのかもしれない。

庸は卒塔婆集めを再開する。

見捨てられた墓所であるから、しばらく回向もしてもらっていないだろう。恐いモノが出てくるのではないかと少しだけ怯えていた。

りょうの守り袋は今日も首から提げて懐に仕舞っているから、それに引き寄せられて――。

しかし、そんな様子もなく、庸は二十枚の卒塔婆を集めて風呂敷に包み、背負った。

「案ずるより産むが易（やす）しってやつだね」

庸は山門に向かって歩いた。

本堂近くの騒ぎは収まっている。

しばらく芒の中で様子をうかがったが、人影は見えない。

本堂の扉が開いている。中は真っ暗である。その中にも人の気配は感じられない。

庸は山門を駆け出て、クルリと本堂のほうを向き、合掌した。

「お騒がせしました」

深く頭を下げた後、走り出した。

六

北町奉行所同心、熊野五郎左衛門（くまのごろうざえもん）と手下の虎吉（とらきち）、康造（やすぞう）は、高手小手（たかてこて）に縛り上げた八人の男たちを縄で繋いで、坂道を上がった。

「おれたち八人をとっ捕まえるために、何十人の捕り方を連れて来たんでぇ」

武三郎が訊いた。

「捕り方なんか連れて来てねぇよ」熊野が答える。

「お前ぇが辱めた蔭間の仲間が十人程度だ」

「嘘つくねぇ。亡魂を真似た奴が何十人も芒の中から手を突き出してたぜ」

武三郎が言うと、熊野は「ほう」と振り返る。

「蔭間たちも六人ばかり亡魂を見たって言ってたが、お前ぇたちは何十人も見たかい」

「慈光寺には出るってもっぱらの噂ですからねぇ」

康造が怯えるような顔をした。

「いや、たぶん違うな」熊野が言った。

「先頃（せんころ）、お庸が助けた亡魂たちが礼をしに出て来たんじゃねぇか」

「馬鹿じゃねぇか」仙一郎が言った。

「成仏させてもらった奴らが出て来るかよ」

「ずいぶん威勢がいいな」熊野は鼻で笑った。

「それなら、お庸を助けてやれば、次は自分たちも成仏させてもらえると思った亡魂たちが集まって来たんだろう。蔭間に捕まってよかったな。亡魂のほうに捕まってりゃあ、どんな恐ろしい祟りにみまわれていたか」

熊野は大声で笑った。

坂の上は人通りの多い土手である。左右に筵（むしろ）掛けの茶店が並び、提灯（ちょうちん）の明かりが揺れている。

「あれ、この道でよかったんだっけか」熊野は後ろ首を掻いた。

「おれは道に疎くてな」

言いながら八人を振り返りニヤニヤ笑いを浮かべた。縛られた八人の先頭は仙一郎であった。

仙一郎はふてくされた顔でそっぽを向く。

この道は日本堤（にほんづつみ）。吉原へ向かう道である。これから女郎と遊ぼうという、あるいは吉原帰りの男たちで賑わっていた。歩く者たちをかいくぐるように駕籠（かご）が往き来している。

「仙一郎って言ったっけ」熊野はわざとらしく大きな声で言う。

「本町二丁目の小間物問屋柴田屋の跡取り息子、仙一郎だったかなぁ。二番手は、室町一丁目の酒問屋灘屋の跡取り息子、武三郎。今まで悪さをした報いが来ちまったよなぁ」

柴田屋と灘屋の名が聞こえた通行人たちが、近寄って二人の顔をジロジロと眺める。

「見世物じゃねぇぞ、この野郎！」

武三郎が威勢よく怒鳴るが、康造に「調子づいてるんじゃねぇぞ！」と蹴飛ばされて黙り込む。

「お前ぇらに迷惑をかけられた奴らの思いはこんなもんじゃねぇからな」熊野は言う。

「こっちは金で解決されるから、とっ捕まえられねぇで苛々してたんだ」

「今度だって金でなんとかなるさ」

　武三郎が言う。

「お庸が金で動くと思うか？」

「おれたちは、お庸にはなんにもしてねぇぜ」

「なんにも出来なかっただけだろう。手込めにしようとして仲間を集め、手を出す寸前でとっ捕まえられた。情けねぇ話だな」

「それだけじゃ大した罪にはならねぇ」

「そういうわけにもいかない。お前ぇたちが今までどんなに町の人たちに迷惑をかけてきたかってことも、お裁きの判断に加えられる」

「そういうわけにはいかないのはそっちだぜ」仙一郎がせせら笑う。

「お城には知り合いがたくさんいる」

「お前ぇらの親父だけが、お城のお偉いさんの知り合いじゃねぇんだぜ。湊屋清五郎を甘く見るな」

　清五郎の名を聞き、仙一郎はギョッとする。

「お前ぇらが思っているより、清五郎はずっと上のお方と昵懇だ。お前ぇらの親父の頼み事なんか握りつぶせるんだぜ。秘蔵っ子が姦淫られそうだってのに黙って見てるもんか」

仙一郎と武三郎は歯がみした。

「お前ぇらの親父は湊屋の清五郎に説教されて、お前ぇらにきついお灸を据えることにしたんだよ。どんなお仕置になるか楽しみだなぁ」

熊野は言った。

松之助は、仙一郎が現れた日に、庸には内緒で清五郎と綾太郎に相談をしていたのだった。

その日の夜、湊屋本店の、清五郎が使う離れで三人は話し合った。半蔵も同席していた。

「おれたちの仲間は、仙一郎の御座敷で酷ぇ目に遭わされた。その仇をとりてぇ」

と綾太郎は暗い目をして言った。

「どんな目に遭った?」

清五郎は冷静に訊く。

「ちゃんと芸を学んだ奴らが呼ばれた。見事な舞を見せる奴らだ。そんな奴らを化け物呼ばわりした上に、芸者らの前で裸に剝いて、無惨な化粧をさせ、出鱈目な踊りをさせた。そして通りに放り出し、通行人の前で笑い物にした——。家に帰って三日、泣き通しだった奴もいたそうだ」

「それは酷い……」

松之助は気の毒そうに眉をひそめた。

「そいつらの元締は金で解決することを選んだ。ウチの元締ならそんなことはねぇんだがな。で、そいつらは雀の涙の端金で泣き寝入りさ。元締はそこそこ儲けたらしい」

「それじゃあ、そいつらの仇討ちのために、庸に頼んで囮になってもらうってのはどうだ？」清五郎は言う。

「お前の仲間やおれの手下で庸を守りながら、仙一郎らに襲わせる。間際で捕らえ、奉行所へ預ける。おれが手を回しておくから、うやむやにされることはねぇよ」

「うん――」綾太郎は言って首を傾げる。

「だけど、それじゃあお庸ちゃんは納得しない気がするんだ。こっちの仇討ちは口実で、清五郎さんが自分を助けようとしているってさ」

「庸は一人前になったつもりでいるからな」

清五郎は薄く笑う。

「そう。だから今回の件を清五郎さんに相談しようとしなかったんだと思う。お庸ちゃんが知らないところで事が済んでしまうようにしてぇ」

「そいつはなかなか難しいぜ」

「お庸ちゃんは、仙一郎みてぇな奴を相手にするのはまだ早ぇ。だから自分が囮の役にしか立たねぇってことを引け目に感じるだろう。わざわざまだ未熟だってのを知らせるのも忍びねぇ」

「そんなところまで考えるかい」

清五郎は笑う。

「惚れてるからね」

綾太郎は真剣な顔で言った。

「それじゃあ、庸とは関係のないことで捕まったって筋書きを用意して、話を通しておこう」

「すまない。恩にきるぜ」

綾太郎は頭を下げた。

「それじゃあ、綾太郎のほうで庸の動きを見張ってくれ。仙一郎が動き出したら、お前ぇの仲間で連中を捕らえろ。おれは色々と話を通して、奉行所から何人か出してもらうから、仙一郎たちを預ければいい」

「わたしはどうしましょう？」

松之助が言う。

「お庸ちゃんを虐めようって奴を、おれたちと一緒にとっ捕まえるかい？」

綾太郎が訊くと、松之助は腕まくりして「もちろん！」と答えた。

「自分が知らないうちに」今まで黙っていた半蔵が口を開く。

「自分が知らないうちに助けられたと知れば、酷く臍を曲げることでしょうから、絶対にバレぬようにしなければなりませんな」

「それが一番大切だな」

綾太郎は大きく肯いた。

庸は、破寺で何が起こっていたのか気づかないまま、二十枚の卒塔婆を担いで両国出店に帰った。なぜ仙一郎一味が仕掛けてこなかったのか、大いに疑問ではあったが、もしかしたら本当に改心したのだろうかとも思った。ともかく何事もなくてよかったが、これから先、何か仕掛けてくるかもしれないから、用心は欠かせないなと気持ちを引き締めた。

翌日、松之助はなに食わぬ顔で両国出店に現れた。

納戸に仕舞われた卒塔婆を見つけた松之助は、何も言わぬのは不自然であろうと、

「あれ、卒塔婆、返って来たんですか？」

と言った。

本当のことを言えば松之助が目を三角にするだろうと庸は思ったので、

「ああ。お前ぇが帰ぇってから使いの者が届けに来た」

と答えた。

「何もなくてようござんした」

「ほんとだ」

それで卒塔婆に関する話題は終わった。

七

十日ほど経って、ふらりと綾太郎が両国出店に現れた。

「しばらく顔を見せなかったな」

庸が言うと綾太郎は、

「寂しかったかい？」

と微笑んだ。

「馬鹿言うねぇ」

庸は顔をしかめた。

綾太郎は松之助が出した茶を啜りながら、

「前に柴田屋の仙一郎が嫌がらせに来たって聞いたが」

と言った。

「ああ。後から卒塔婆を借りに来た。ちゃんと返してよこしたぜ」

庸は素っ気なく答える。

「捕まったらしいぜ」

「ほぉ。やっとかい」

「手込めにされそうになった娘が訴えたらしい。親は金で動かなかった」

「偉かったな、その親子。で、お裁きは？」

「三十日の戸締だとよ」

戸締とは、罪を犯した者の家の門戸を釘で打ちつけ、謹慎させる罰である。

「戸締は、人殺しの下手人の居所を隠した奴なんかに下される罰だろ」

「お奉行さんが、親子共々不届きであるってことでそういうお裁きだったらしい」

町奉行は追放以下の軽い罪には独断権があった。

「柴田屋、嶋屋、灘屋の三軒ですか？」

松之助が訊く。

「嶋屋の秀次は関わっていなかったらしい」

「いいところで足を洗ったわけだ」

庸は鼻に皺を寄せた。

「天網恢々疎にして漏らさずってわけには行かねぇさ」

綾太郎は肩を竦める。

「柴田屋と灘屋は評判が落ちて、商売にも関わるでしょうね」

松之助は少し気の毒そうに言う。

「親馬鹿の代償さ。戸締が終わったら、せいぜい信用回復に頑張りゃあいい。馬鹿息子らも改心すりゃあいいがな」

「人の心根はそう簡単に変わるもんか」綾太郎が言う。

「戸締が解かれた後しばらくの間は、仕返しを警戒して見張りがつくらしいぜ」

綾太郎はちらりと松之助を見る。

松之助は庸に気づかれないように肯いた。

「きっと仙一郎たちは間を空けてお庸ちゃんにもちょっかいを出そうとしていたに違いねぇ」綾太郎が言う。

「その前に捕まってよかったが、名が売れれば絡んでくる奴もいる。仙一郎たち以外にもそういう不届きな野郎が出てこないとも限らねぇ。気をつけるんだぜ」

「大丈夫だよ。心配しすぎだ」

庸は笑う。しかし、綾太郎は恐い顔をして、

「いや。お庸ちゃんは世の中の悪い奴らを甘く見てる。お庸ちゃんが想像出来ねぇほど残酷なことをする奴もたくさんいるんだ。何かあったら、おれでも松之助でも、清五郎さんでもいいから、必ず相談するんだぜ」

と言った。

庸は、あの夜のことがバレているのかと冷や汗をかいた。

「いいかい、お庸ちゃん。人には出来ることと出来ないことがあることは分かるよ

な」

「うん……」

「お庸ちゃんにも出来ないことはあるんだ。自分は何が出来て、何が出来ないか、しっかりと考えるんだぜ。出来ないことは誰かに助けてもらうんだ。それは恥ずかしいことじゃねぇ。出来ないことをやって、物事がこじれてから誰かに助けを求めれば、余計な手間をかけることになるってことも分かるよな」

「分かる……」

「じゃあ、出来ないことは相談するって約束してくれ」

「約束する……」

綾太郎はその返事を聞いてニッコリと笑う。

「よかった。悪いねぇ暑っ苦しく語っちまって。おれは心配性なんだ」

「ありがとうよ、綾太郎。おいら、まだまだ餓鬼っぽさが抜けてねぇからさ」

庸の答えに、松之助はそっと安堵の吐息を漏らした。

十軒店本石町の油問屋嶋屋。かつて仙一郎の仲間であった秀次の家である。

奥まった座敷で秀次と父の藤右衛門が向き合って座っていた。

「――ともかく、こちらにまで難が降りかからずによかった」藤右衛門は言った。

「だが、いつお奉行さまのお気が変わらないとも限らない。明日、明後日にでも上方に旅立ちなさい」

「上方へ行くのは納得しているよ――。だけど、少し暇が欲しいんだ」

秀次は静かに言った。

「なんの暇だ？」

藤右衛門は眉をひそめる。

「実は、仙一郎を捕まえた熊野さまっていう同心に、おれも同罪だと言いに行った」

「なんてことをするんだ！」

藤右衛門は慌てる。

「仙一郎が捕まった件にはお前は関係ねぇ。だが、次に何かやらかしたら捕まえてやるから、首を洗って待っていやがれと言われた」

「そうか……。よかった」

藤右衛門はホッと息を吐く。

「よくはねぇよ。おれだけがお叱りを受けなかったんだ。だから、考えた。おれは今日から、今まで泣かせた連中に謝って歩く」

「何だって？　今までのことは、金を渡して終わっている」

「金は渡しても、おれは謝ってない」

「謝罪の金だ。もうすんでいる」

「それじゃあ、おれのけじめがつかねぇんだよ。迷惑をかけた連中に謝った後、上方で修業するよ」

「そうか。分かった。好きにするがいい」

藤右衛門は諦めたように言う。

「ありがとうございます」

秀次は畳に額をつけるように一礼すると、座敷を出た。通り土間を進んで外に出る。目映い青空に、蟬の声が喧しかった。今日はずいぶん暑くなりそうで、本格的な夏の訪れを感じさせた。

秀次は一度大きく息を吸うと、歩き出した。

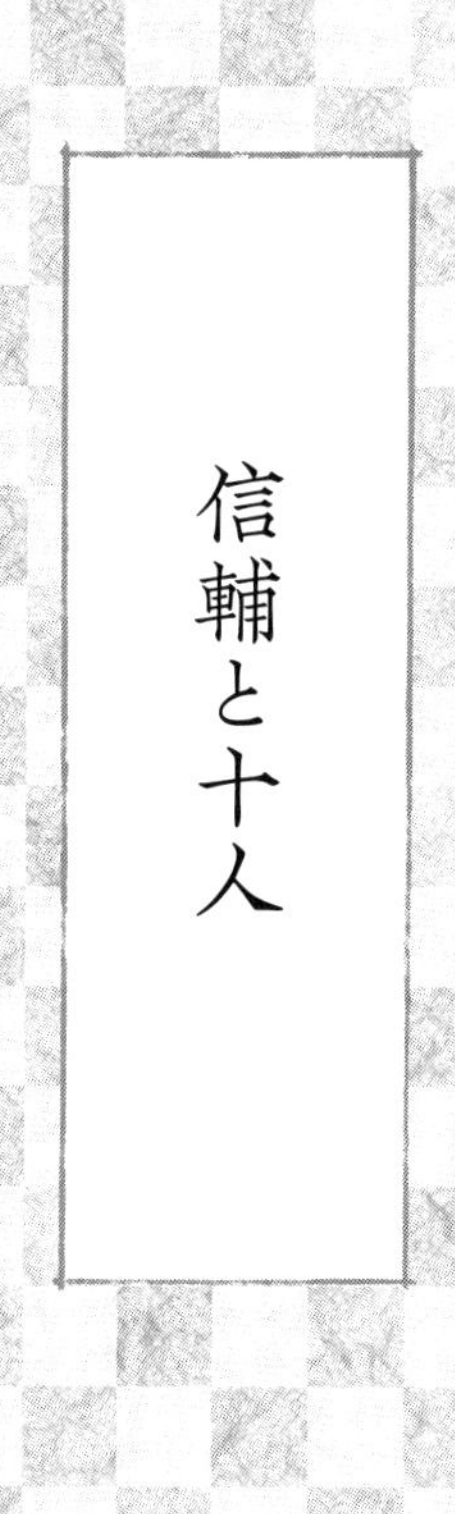

信輔と十人

一

「お庸ちゃん、いいこと考えたぜ！」

息せき切って駆け込んできた綾太郎が、板敷に座りながら言った。風呂敷包みを一つ抱えていた。

帳場から見える町の木々は黄色に赤に染まっている。朝は手焙が必要な季節になっていた。

「なんでぇ、騒がしいな」

庸は顔をしかめる。

「不審な客が来た時、お庸ちゃんか松之助さんが在所を調べるだろ。ほかに客がいたり、どっちかがいなかったりして困ることはないかい？」

「そんなのしょっちゅうだよ。だから、隣の煙草屋に留守を頼む」

「そこでだ。追いかけ屋を雇うってのはどうだい？」

「追いかけ屋だ？」

「うん。店の裏の小部屋に詰めてて、いざって時に不審な客を追いかけるんだよ」

「店を開けてる間、ずっといるんだろ？　不審な客がいなかった日は、給金が無駄になるじゃねぇか」

「そりゃあそうなんだが、働かずにすんだ日は昼飯、夕飯を食わせてくれるだけ、誰かを追いかけた時には駄賃をもらうってんだったらどうだい？」

「そんな都合のいい仕事をしてくれる奴はいねぇよ」

「それが、いるんだよ。蔭間ってのは、茶屋に入ってる奴はいいが、それ以外はいつ客が入るか分からねぇ。何日も客がつかねぇこともある。元締から日雇いの仕事をあてがってもらうが、それも毎日じゃねぇ。元締が仕切っている長屋はウチだけじゃねぇから、仕事にありつけなくて困ってる奴がごろごろしてるんだ。話してみたら、お庸ちゃんの役に立って、飯が食えるんならやりてぇって言うんだ。お庸ちゃんが乗り気なら、一日交替で人をよこすけど、どうだい？」

「うーん」

と庸は考える。確かに、誰かに店の留守を頼まなければならない状況はよくある。隣の煙草屋に何度も頼むのは気が引ける。

二食の飯と、時々駄賃を出すだけですむのなら、ありがたい。

「いいお話じゃないですか」奥から白湯を持って現れた松之助が言う。

「蔭間長屋の人たちなら安心ですよ」

と言って綾太郎の横に湯飲みを置いた。

「そうだな。それじゃあ頼むか」

庸が言うと綾太郎はポンと手を打ち、

「決まった。それじゃあ一日目はおれだ」

と言って板敷に上がり込み、帳場の庸の横に腰を下ろす。

「どこに座ってるんでぇ。裏の部屋に控えてるんだろう?」

庸は体を寄せてくる綾太郎の肩を押した。

「お客が来たら引っ込むよ。それまでは世間話してたっていいじゃねぇか」

松之助はクスクスと笑いながら板敷の隅に座った。

それから半刻ほど、庸は綾太郎の世間話につき合わされた。

「ごめんよ」

痩せた中年男が土間に入って来た。

「いらっしゃいませ」

と言いながら、綾太郎は奥へ引っ込む。

「布団を借りてぇんだが」

男は言って板敷に座る。

「何組でございましょう?」

松之助が聞いた。

「十組」

「ずいぶん多いな」庸は眉をひそめる。

「何に使う?」

「布団だぜ。使い途は一つだろうが。人が寝るんだよ」

「こっちが思いもかけない使い方をする奴もいるんでね」

「下野国から富士講の連中が来るんだよ。ところが講で使っている旅籠の手違いで別の講が入ってて泊まるところがなくなった。それで旅籠からなんとかならないかって頼まれたんだ。で、大きな百姓家に話を付けて、一晩泊めてもらうことにした。三十五人の講でな、百姓家の布団では数が足りねぇ。それで借りに来たのさ」

「百姓家はどこだ？　そこまで運ぶんだろ？」

「千駄ヶ谷だ」

「近くの内藤新宿にも貸し物屋はあるぜ。なぜわざわざここまで来た？」

「湊屋両国出店の娘主は、口は悪いが面倒見がいいって聞いたからさ。何かあった時に相談できる」

「何かありそうなのですか？」

松之助が訊く。

「ねぇよ。万が一の時にって話さ」

言って男はちょっと顔をしかめて腹を押さえた。

「どこか具合が悪いのか？」

庸は訊いた。

「なんでもねぇよ。久しぶりに歩いたから、ちょいと疲れてるだけさ」

千駄ヶ谷から来たとして、両国まで一里半（約六キロ）ほどである。たいした距離ではない。男の瘦せ方をみても、何か患っている様子だった。

「真綿の布団から藁布団まで色々ございますが」

と松之助。

「敷くほうは藁布団、掛けるのは掻巻でいい」

「いつまでにお届けいたしましょう？」

「明日、明後日でいい。使うのは三日、四日後になる」

「場所を教えてくださいまし」

松之助は帳場から紙と筆を取って男に渡した。

男は内藤新宿の大雑把な絵図を描き、千駄ヶ谷の百姓家までの道順を話しながら道を書き足した。

「なんで旅籠はお前ぇさんに相談したんだ？」

庸は訊いた。

「話せば長ぇんだよ。面倒臭ぇからやめておこうぜ」

「そういうわけにはいかねぇんだよ。例えばお前ぇさんが盗人で、一味を泊める宿を用意するために布団を借りに来たなんて景迹も出来る。悪事には加担しねぇ」

「なるほど」男は意外そうな顔をする。

「おれは盗人かもしれねぇのか。こりゃ面白ぇ」

「いいから、さっさと理由を聞かせな」

「おれは内藤新宿に住んでる。仕事はあまり自慢出来たようなものじゃなかったが、今はやめて、町の相談役みてぇなことをしてる。そこに、千住の知り合いからさっき言った相談事があった。ばらばらの宿でいいんなら手配してやるがって言ったら、『それならこっちでも手配出来る。三十五人、まとめて泊まれるところじゃなければ心配だ』とぬかしやがる。寝坊する奴や酷い飲ん兵衛がいるんだとよ。しかも急ぎだって言う。すぐに用意出来るところと考えたら、千駄ヶ谷の大っきな百姓家を思いついた。知り合いの百姓の家だ。千住の知り合いに千駄ヶ谷でもいいかと訊くと、それでいいと言う。千駄ヶ谷は甲州街道の近く。いざとなれば、駿河(するが)側じゃなく、甲斐(かい)のほうから富士に登る手もあるって言うんだ。千駄ヶ谷の百姓も、格安で泊めてくれると言う。だけど布団が足りないから借りてくれと頼まれたってわけさ。得心したか」

「ずいぶん回りくどい話ですが、筋は通りますね」

松之助が言った。

「当たり前ぇだろ。本当の話なんだから」

男は怒ったように言う。

「それじゃあ、帳簿に名前と在所を書いてもらおうか」

庸は松之助に帳簿を渡し、松之助は男の前に置いた。

内藤新宿仲町　信輔（のぶすけ）

と書いて、男は筆を置いた。

「それじゃあ、頼むぜ。損料（そんりょう）は布団が届いたら払う」

信輔は腰を上げ、店を出ていった。

帳場の裏から綾太郎が出てくる。髪を島田に結い、目立たない木綿の着物を着て、町娘のような扮装であった。尾行用に着物を持って来ていたのだ。

「あの風呂敷包みが着替えだったかい」

庸は感心して言った。

「最初の当番のつもりで来たからね。用意は万端さ。本当に盗人じゃねぇかどうか、確かめて来るぜ」

言って、綾太郎は信輔を追った。

「うちに布団は何組ある？」

庸は松之助に顔を向ける。

「藁布団も掻巻も五、六枚でございますね」

「じゃあ、本店（ほんだな）から借りて来なきゃいけねぇな」

庸が言うと、松之助がニヤッと笑う。

「わたしが行って来ましょうか？　それともお庸さんが行きますか？」

松之助にからかわれ、庸の顔は赤くなる。

「ご無沙汰してたから、挨拶がてら行ってくる」

と平静を装い、庸は帳場を出た。

本店の離れにはいつものように清五郎（せいごろう）と半蔵（はんぞう）が座っていた。

「久しいな」

清五郎は微笑みながら土間で挨拶した庸に手招きをして、板敷に座るよう促した。

庸は一礼して囲炉裏（いろり）を挟んで向かい合い、正面の清五郎と斜め後ろに控える半蔵にそれぞれ頭を下げた。

「今日は布団を五組、借りに参りました」

庸は子細を語る。

「今、綾太郎が信輔の身元を調べに走っております」

「お前の読みは？」

「仕事はあまり自慢出来るようなものじゃなかったと自分で言っておりましたが、盗人のようには感じませんでした」

「綾太郎の仲間に、元盗人がいたろう」

「勘三郎（かんざぶろう）でございますか？」

「その男、元盗人だったという感じはするか？」

「はぁ……。時々、鋭い目つきをしますが、普段は感じません……。なんだか自信がなくなってきました」

「お前は若いから、まだ見てきた人の数が少ねぇ。もう少し経てば、人の読みも正確になるだろうよ。まぁ、今盗人で稼いでいる奴なら、お前でも気づくだろうから、現役の盗人じゃねぇんだろうな」

「けれど、ねぐらの手配を元盗人がするというのは、ありそうな話です」

「だがそれなら――」半蔵が口を挟む。

「お前の店は選ぶまい。わざわざお前の店を選んだというのは、調べられてもやましいことがないからではないか？」

「両国出店を選んだのは、娘主が口は悪くても面倒見がいいからと言っていました――」

「ということは――」清五郎が言う。

「何かあったら、お前が力になってくれることを期待しているんだな。さて、信輔という男、何者なのか。そして、布団を何に使うつもりなのか、綾太郎の調べが楽しみだ」

「綾太郎が戻りましたらお知らせします」

庸は立って土間に降り、「あっ、忘れていました」と清五郎に顔を向けた。

「蔭間長屋の者たちが、日雇いで追いかけ屋をしてくれることになりました」

「追いかけ屋――」半蔵が言う。

「怪しい客の後を尾行て、身元を調べる仕事か」

「そうです。こっちは人手不足。向こうは小遣い稼ぎということで」

「人手が足りなければ、本店からもう一人二人出してもいいぞ」

清五郎が言う。

「いえいえ。両国出店だけで収支を合わせませんと、商売をしていることになりませんので。なんとか松之助の給金も全部両国出店だけで出せるよう頑張ります」

庸は頭を下げて土間を出た。

その後ろ姿を清五郎は優しい眼差しで見送った。

清五郎は慈光寺の出来事の子細をすべて把握していたが、そのことには一言も触れなかった。遠回しの小言を用意していたのだが、綾太郎が訪れて、自分が説教をしたと話して行ったので、もう必要はないと考えたのであった。

二

信輔は内藤新宿に入ると、仲町の小路を右に曲がった。町娘姿の綾太郎は距離を空けてそれを追う。

信輔は、仕舞屋（しもたや）へ入って行く。綾太郎は家の周囲を歩き、裏口を確かめる。正面の出入り口と脇にあった裏口の両方を見張れる場所を見つけて、綾太郎はしばらく様子を窺った。

信輔が出て来る様子はない。

綾太郎は近所の聞き込みに回る。

留書帖を腰にぶら下げた商家の御用聞きらしい男を捕まえ、

「そこは信輔さんの家かい？」

と訊ねた。

「なんでぇ、お前ぇ、女郎になりたいのか？」

男は綾太郎を本当の女だと思って返す。

「女郎に？　なんだ、そりゃあ？」

「あいつは女衒（ぜげん）だよ」

「女衒——」

女衒とは、女を女郎屋に売ることを生業（なりわい）とした者の呼び名である。時に地方にまで足を延ばし、貧しい家の娘たちを集めてくる。

なるほど、自慢出来ない仕事だぜ——。

と綾太郎は思った。

「もっとも、大分前にやめたんだけどな」

「ふーん。そうなんだ」

「で、お前ぇ信輔になんの用だ？」

「内藤新宿の相談役みたいな人だって聞いたからさ。働き口を世話してもらおうかなと思ったんだよ。だけど元女衒ならやめといたほうがいいね。女郎屋に売られたりしたら大変だ」

「お前ぇさんなら岡場所なんかじゃなくてよ、吉原ででも太夫を目指せるぜ」

「お兄さん、口が上手いねぇ――」

綾太郎は男の肩をポンと叩く。男の鼻の下が伸びた。

「じゃあ、信輔さんに相談するのはやめたほうがいいね」

「思ってからは女衒をやめたから、女郎屋に売っ払うってことはねぇと思うぜ」

「病気かい」

「ああ。胃の腑に腫れ物があって、長くねぇんだと自分で言ってる」

「そうなのかい。気の毒だねぇ……。まぁ、別の人に当たることにするよ。ありがとうよ」

綾太郎は最後の言葉を男の耳元で吐息と共に囁いた。

男の顔はデレデレになり、

「吉原へ行くようなことがあったら知らせてくれよ」

と言った。

「そん時には千両、万両持って来なよ」

綾太郎は手を舞うようにヒラヒラ動かして歩き去った。

その後、綾太郎は居酒屋で出会った老人から信輔は腕利きの女衒で、内藤新宿のあちこちの女郎屋や旅籠に女を紹介していたという話と、昔から物騒な連中との関わりはないという話を聞いた。

そのほか飯屋や茶店でも聞き込みをしたが、それ以上の話は仕入れられなかった。

「――そうかい。盗人じゃなさそうかい」

庸は帳場で腕組みして言う。そしてしばらく目を閉じて考え込んでいた。

外には夕暮れが迫っていた。

「景迹は立ちそうかい？」

板敷に腰掛けた綾太郎が小声で訊く。

庸が目を開けてニヤリと笑った。

「おいらの景迹が当たりなら、面白いことになるぜ」

「どんなことが起こるんだい？」

綾太郎は身を乗り出す。

「駄目駄目」奥から顔を出した松之助が言う。

「お庸さんは、そういうところはまったく成長していないから、話しちゃくれませんよ。こっちが分からずに戸惑っているのを面白がって眺めてる。事情が分からなきゃ、お助け出来ませんからね」

松之助は頬を膨らます。

「綾太郎が話したことで、だいたいの経緯は分かるぜ――。松之助、すまねぇが本店に戻ったら清五郎さまに『盗賊じゃないようだから、布団を貸します』とお話しして、足りない分の布団をお借りしてくれ。持ってくるのは明日の朝でいい」

「かしこまりました」

松之助は不満そうに言った。

「おれも成り行きを眺めていいかい？」

綾太郎が訊く。

「うん。念のために、腕っ節の強そうな奴を二人くれぇ連れてきてくれよ」

「危ないことになりそうなんですか？」

松之助は眉をひそめる。

「信輔が下手をこけばな。そうならないよう手伝ってやる」

「そういうことなら」綾太郎が言う。

「今のうちに謎解きしてもらわねぇと、うまく動けないぜ」

「ああ、そうか――」

庸は残念そうな顔をする。もう少し謎解きを引っ張って、二人の戸惑う顔が見たかったが、綾太郎の言うことも確かである。

庸は渋々、口を開いた。

「信輔は元女衒。以前の仕事を恥じているらしい。そして、余命いくばくもない。そんな男が十組の布団を借りたいと言ってきた。運ぶのは町から離れてはいるが、離れすぎていない百姓家」

「これまでの話をまとめただけじゃないですか」

松之助が言う。

「――なぁるほど、筋は通るな」

綾太郎は顎を撫でた。

「分かったんですか？」

松之助は慌てたように言う。

「しかし、大それたことを考えたもんだな」綾太郎は難しい顔をする。

「だが、下手をすると奉行所に捕まるぜ」

「だが、大義だよ」

庸は恐い顔を綾太郎に向ける。

自分だけ仲間はずれにされた松之助は情けない顔で庸と綾太郎を見る。

「大義ったって、法を犯すことになるんだぜ。お庸ちゃんが縄付きになったら、湊屋の名に疵がつく」

「うん……」

痛いところを突かれた。

「おいらたちが守れば縄付きにはならねぇよ」

庸は膨れっ面で言う。

松之助は分からないなりに会話に割り込む。

「だけど。守りきれなかったらどうするんです？」

「先のことを今言ってもしょうがないじゃないか」庸は議論を終わらせようとする。

「それじゃあ、まず信輔の真意を確かめよう」

「本人に確かめるってのかい？」

綾太郎が訊いた。

「布団を届けた時にな」

「だけど、大事をひかえた奴にそんなことを言うのは危ねぇな。口止めに命を奪おうとか、事が済むまで捕らえておこうとか考えるんじゃないか？」

「信輔は、両国出店を選んだ理由を、娘主は口は悪いが面倒見がいいからって言ってた。自分の目論見を知っても邪魔はしないって判断したんじゃねぇかと思うんだ」

「なるほど――。それじゃあ確かめようじゃねぇか」

綾太郎が言う。

「だから、それは明日――」

「そうじゃねぇよ。清五郎さんに確かめるんだよ。信輔を助けてもいいかってな」

「それは……」

また痛いところを突かれて庸は口ごもった。

清五郎に相談することはまず考えた。

けれど、『関わるな』と言われるに決まっているとすぐに答えが出た。

だが、信輔を助けたい。ならばすべて終わってから報告しよう。そう考えたのであった。

叱られたら仕方がない――。

しかし、失敗すれば叱られるだけですまないことも分かっていた。

「自分がこれからやろうと思っていることは、まず最悪の事態を想定して考えなきゃならないっておれは思ってる。最悪の事態が起こったとして、それにどう対応するかを考えてから事を起こす。そうしておけば、何があっても慌てることはねぇ。お庸ちゃん、逃げてねぇか？　最悪の状態が見えているのに見えていないふりをしている。そういう時はえてして最悪の状況を引き寄せるもんなんだぜ」

「うん……」

「万が一、自分までとっ捕まえられた時に迷惑をかける本店に、ちゃんと伺いを立てなきゃならないだろ」

「うん、だけど……」

「だけど、相談したら、とめられるに決まってるってか？　だったら信輔への手伝いは諦めるしかねぇだろう。布団を貸すことも駄目だって言われるかもしれねぇが、それは、お庸ちゃんが雇われている以上、仕方がねぇことだぜ」

「そうだよな……」

「けど、清五郎さんが乗ってくるってこともあるかもしれねぇ」

　綾太郎はニヤリとする。

「それはないような気がする」庸は首を振る。

「女じゃなきゃ分からない気持ちもあらぁ」

「おっ。お庸ちゃんはおれを女だと認めてくれたかい」綾太郎の嬉しそうな顔はしかし、一瞬で曇った。

「だけどおれは、お庸ちゃんには男と認めてもらいたいんだが」

「訳の分からないことばかり言ってないで」松之助が焦れたように言う。

「謎解きをしてくださいよ」

「もうしばらく考えな」綾太郎が言った。

「清五郎さんに相談する時には分かるだろう。店仕舞いしたら三人で出かけようぜ」

「三人でか……」

　清五郎に叱られる姿を二人に見られたくなかったが――。

「出来るだけお庸ちゃんの味方になってやるからさ」

「うん……」

庸は不承不承、肯いた。

それから店仕舞いまでの間、庸の動悸は高まったままだった。

三

湊屋本店の離れで清五郎に対峙すると、動悸は最高潮に達した。

口を開くのが遅れた庸に代わり、綾太郎が子細を語った。

「――信輔は面白いことを考えたな」

清五郎は、綾太郎の話だけで信輔の企みを読んだようであった。

「どういうことでございます？」

と、松之助は謎解きを求めたが、清五郎は、

「庸のところで働いてるんだ。このぐらいは自分で解け」

と相手にしなかった。

「で――」清五郎の後ろに控えた半蔵が言う。

「お庸へのお返事は？」

庸は何も言っていなかったが、半蔵は庸が求めていることが分かっているようだっ

た。

「うむ。なかなか難しいな。罪を犯させるわけにはいかないが、手助けしてやりたい気持ちは分かる」

清五郎はあぐらの膝に肘を載せて頬杖をつく。目はじっと庸を見つめている。

庸は清五郎の視線から逃げて俯いた。

「お庸。信輔は、残りの命を懸けているということは分かるな？」

「はい……」

「十組の布団を用意させたってことは、十人、その話に乗ったんだろう。その十人も命を懸けてるってことは分かるな？」

「はい……」

「ならば、手を出すな」

清五郎の言葉に、庸はハッとしたように顔を上げた。

「命懸けの者たちを、命を懸ける覚悟がねぇ者が助けられると思うかい？」

庸は返事を見つけられなかった。

「もし、お前が命懸けで信輔たちを助けてやろうと思ったのなら、迷いもせずにこうしますと言ったはずだ。違うかい？」

「……そうだと思います」

「明日、布団を引き渡したら、何も言わず、何も聞かず、帰って来い。それで信輔には伝わるはずだ。お庸は、手助けは出来ないが、邪魔もしないってな」

「しかし……」

「お前、両国出店を背負っちまったな」清五郎は優しく言う。

「少し前までなら、後先考えず、信輔を助けると言ったろう。いや――、おれに反対されると思って相談もしなかったろうな。それで、松之助や綾太郎、おれや半蔵が尻拭いで奔走する。それはそれで楽しかったが、今お前は本気で出店や本店のことを考えるようになった。本物の娘店主にまた一歩近づいたってことだ」

「はい……」

庸の中に悔しさがこみ上げてきた。

命を懸けて信輔を助ける覚悟がない――。確かにその通りだった。最後まで残っていた躊躇(ためら)いは、湊屋の名に疵をつけたくないということだった。

そして、たった十人を助けたところで、御政道はなにも変わらないということ――。

「清五郎さんならどうしました？」

綾太郎の問いに、庸の思考は途切れた。

挑むような目で、綾太郎は清五郎を見ている。

「信輔が本店に布団を借りに来たら、清五郎さんはどうしました？」

「店の者は、なんの不審も抱かずに、布団を貸していたろうな。おれにはなんの報告もなかったろう。帳簿がおれのところに届き、十組の布団にひっかかって、番頭か手代を呼んで子細を聞く。半蔵に信輔の身元を洗わせて、奴が何を目論んでいるか景迹する――」

　清五郎はこめかみに指を当てる。

「半蔵が『いかがいたしましょう？』と訊き、おれは『放っておけ』と答えるな」

「放っておきますか」

「信輔の気持ちは分かる。だが、袖が触れあう程度の他生の縁で、湊屋を潰すかもしれないことには関わらない。だから、知らないふりをしてやる」

「それじゃあ、お庸ちゃんが御政道に逆らうようなことを目論んだとしたら？」

「お庸が命を捨てる覚悟で考えたんなら、まずは話を聞く。そして、別の方法がないかを一緒に考える。どうしてもそれしかねぇとなったら、こっちも命を捨てる覚悟をするさ」

　清五郎は穏やかに言った。

　すべては自分の覚悟だったか――。庸は小さく溜息をついた。

　気軽に手を貸してやれる類のことではない。自分の手には余る案件であったのだ。

「分かりました。放っておきます」庸は言った。

「本気で信輔を助けようと思ったら、湊屋にお暇をいただくことも出来ます。けれど、それだけの覚悟がございません。以前、出来ることと出来ないことがあるのだと綾太郎から学びました。それを忘れて、気楽に考えておりました」

庸は清五郎と綾太郎に頭を下げた。

「せっかく来たんだ。布団を持って行け。松之助、今日は両国出店に泊めてもらえ。綾太郎、すまねぇが、手伝ってもらえるかい?」

「喜んで」

綾太郎は嬉々として言う。

「泊まりはなしだぜ」

庸は言った。

「お庸ちゃんと同じ布団が駄目なら、松之助と同衾(どうきん)でもいいよ」

綾太郎は松之助にしなだれかかる。

「いや、わたしは女のほうが好きですから」

松之助は引きつった笑みを浮かべた。

「女好きを公言したな」

半蔵が笑いを堪えて言った。

綾太郎と松之助のやりとりで気分が浮上した庸だったが、五組の布団を載せた荷車を綾太郎と並んで押しているうちに、少しずつ気が重くなっていった。万が一、目論見が失敗した時の、信輔と十人のことを考えていたからである。

考えても答えは出ない。

そうするうちに荷車は両国出店に着き、綾太郎は布団を納戸に運び込むところまで手伝って帰って行った。どうしても泊まりたいと駄々をこねることはなかった。

庸は二階、松之助は一階に寝て、朝を迎えた。

四

翌朝早く、十組の布団を荷車に載せて筵と油紙を被せ急な雨に備え、縄で縛っていると着流しに尻端折り、襷掛けで袖を留めた綾太郎が現れた。

「二人で充分だぜ」

庸が言うと、綾太郎は手を振って、

「店番は誰がするんだよ」

と笑った。

「おれが荷車を曳き、お庸ちゃんが押す。松之助は店番。店を休まずにすむ。おっつけ、蔭間長屋から追いかけ屋が来る」

「それじゃあ謎解きが聞けません」

松之助は首を振る。

「お庸ちゃんは知らんぷりをするんだから、謎解きはなしさ。店番をしてる間に考えて、どうしても思いつかなかったら、お庸ちゃんが帰ってきたら降参して聞けばいい」

綾太郎は縄の締まり具合を確認して、前に回って荷車を曳いた。

松之助は不満そうな顔をして店に入り、帳場に座る。

内藤新宿が近くなった時、

「遠回りになるが、畦道を通るぜ」

と庸が言い、左手の脇道を指した。

「ああ、なるほど。山積みの布団を運んでいれば目につくな」

「信輔からはそこまで頼まれちゃいねぇが、千駄ヶ谷の百姓家に布団を運んだことが分からねぇようにしてやろうと思ってさ」

「なるほど。筵と油紙でくるんだのは、雨の用心だけじゃなかったのか」

綾太郎は左の田舎道に荷車を進めた。

遠回りして田圃の中の道を行く。

畑仕事を一休みして松の木の下で煙管を吹かしていた百姓が声をかけてきた。

「大きな荷物だな」

綾太郎は荷車を停める。偽の情報を流しておく好機だった。

「古箪笥（ふるだんす）を三棹（みさお）頼まれたのさ」

庸は嘘をついた。

「古道具屋か」

「そうさ」

「どこまで運ぶ？」

「代々木町」

これもまた嘘である。

「ご苦労なこったな。気をつけて行け」

「ありがとうよ」

綾太郎は荷車を曳く。

これで誰かが聞き込みに歩いた時、あの百姓は古箪笥を代々木町に運ぶ者は見たと答えてくれるだろう。

庸たちが信輔が指示した百姓家に着いたのは昼前であった。

百姓家への坂道を登っていると、腰高障子が開いて、信輔が現れ大きく手を振った。

「布団十組、運んできたぜ」

庸は縄を解きながら言った。

「ずいぶん厳重に包んだな」

筵を外すのを手伝いながら信輔が言う。

「道すがら、荷物を問われたら古簞笥三棹、行く先を問われたら代々木町と答えた。来る時は内藤新宿は通らなかった」

庸が言うと、信輔は布団を中に運び込む手を少し止めて庸を見つめ「そうか。気を遣わせたな」と言った。

この家の者であろう数人の老爺、老婆が現れて布団はすべて奥の広間に運ばれた。

座敷に重ねられた布団を見ながら、信輔は口を開く。

「湊屋の両国出店を選んだ理由に、面倒見のいい娘店主だって聞いたからと言ったが――。困ったら助けてくれることを期待したんじゃねぇからな」

「じゃあ、何を期待した？」

「何かに気づいても知らぬふりをしてくれるだろうと思った」

「手助けしようと思ったが、やめた。おいらには手に余るからな」

庸は溜息交じりに答える。

「正しい判断だ。これはおれと、ここに泊まる十人の問題で、そのほかどこにも迷惑はかけねぇ」

「この家の主に迷惑はかからねぇのか？」

「おれたちは、たとえ捕まったって誰も口を割らねぇよ。お前ぇさんのこともな。だけど、別のところから布団のことが知れて、もし町方が聞き込みに行ったら、知らぬ存ぜぬで通してくれ。布団を貸しただけだとな」

「そうする――。町木戸は通らねぇのか？」

「木戸のねぇ道はたくさんある。心配はねぇよ」言って信輔はニッコリと笑った。

「やっぱり両国出店を使ってよかったぜ」

「本店でも大丈夫だったと思うぜ」

「相談したのかい」

「雇われてるからな。だけど、本店の主はこっちの気持ちを汲み取ってくれるお方だから心配ねぇよ。そう思ったから相談した」

「そうかい――。布団は、用が済んだらこの家の者たちが持っていく。一気には返せねぇ。少しずつ返すことになると思う。損料はその都度払うよ」

「ああ、何日かかけるかい」

「目立たねぇようにな」

「最後の一人まで心の臓に悪そうな日が続くな」

「ああ。気は抜けねぇ日々だろうな」

「いつやる？　ああ、言いたくなけりゃいいけど」

「明日の晩だ。子の刻（午前零時頃）あたりかな」

信輔は躊躇わずに答えた。

「うまくいくことを祈ってるよ」

「ありがとよ」

「じゃあな」

庸と綾太郎は外に出て、筵と油紙を畳んで荷車に置くと、坂を下った。

信輔が庭に立って見送っているだろうとは思ったが、振り返らずに歩いた。

店に戻ると、松之助が謎解きをせがんだが、庸は「そんな気分じゃねぇよ」と断った。

❖

庸は落ち着かなかった。

決行の日時を聞くんじゃなかったと後悔していた。

もう関係ないのだと自分に言い聞かせても、まるで自分が事を起こすかのように胸が高鳴り続けている。

布団を運んだ夜はまるで眠れず、明け方近くにうつらうつらしただけであった。

信輔が事を起こす日の朝。

本店からやって来た松之助は土間に入るなり、焦れたように言った。

「お庸さん。もうそろそろ謎解きをしてくださいよ」

帳場机に頬杖をついた庸は、

「そうだなぁ――」

と気のない返事をする。

松之助が気になっているのは謎解き。

自分が気になっているのは、信輔の目論見の首尾――。

放っておくことに決めたのだから手助けは出来ない――。

庸はハッと顔を上げる。

手助けをしなければいい。

遠くから、首尾を見守るのは、手助けをしたことにはならない――。

「その目で確かめてみるかい？」

庸は松之助に顔を向けた。

「確かめてみるって――。手伝うつもりですか？」

松之助は眉をひそめる。

「違うよ。信輔がやることを遠くから見物するんだよ」

「見物って――。もし信輔さんが失敗しそうになったら手助けしてしまうでしょ」

「清五郎さまとも約束したんだ。手は出さねぇよ。何があっても、信輔と十人の責任さ」

「ほんとですかぁ？」

松之助は疑わしそうな目で庸を見る。

「嫌なら、謎解きはなしだ」

「そんな……」松之助は少し考えて、

「なら、お庸さんが手出ししそうになったら、力ずくで止める係としてお供しましょう」

と言った。

「じゃあ、そういうことで、店仕舞いをしたら出かけるぜ」

庸の胸の高鳴りが別のものに変化した。

五

内藤新宿下町の大木戸を入るとすぐ右に寺がある。庸と松之助はその敷地内に身をひそめていた。

岡場所――、幕府非公認の私娼地であるから、夜が更けても人通りは多かった。

大木戸から西に向かって、町は真っ直ぐ続いている。手前から下町、仲町、上町で、その先は武家地であった。町の裏側にも武家地が広がっている。

子の刻が近づくにつれて道に人影は少なくなり、飲み屋の看板提灯(ちょうちん)も消えて、内藤新宿は静まりかえった。

庸と松之助は道が見通せるように、寺と下町の建物の間の路地に移った。

子の刻を少し過ぎた頃、道に人影が動いた。北の路地から、南の路地に駆け込む。

若い娘のようだった。

また一人、人影が動く。次は二人組――。

別々の路地から出て、別々の路地に消えていった。

「あの娘たち、何者です？」

松之助が小声で訊く。

「まだ分からねぇかい。女郎だよ」

「女郎――」松之助はハッとした顔になる。

「それじゃあ、足抜けですか？」

足抜けとは、女郎が女郎屋から逃げ出すことである。

「信輔は女郎十人の足抜けを目論んだのさ」

話しているうちにまた一人。もう一人――。

「余命いくばくもない元女衒の罪滅ぼしですか――」

「信輔の気持ちをそう括って（くく）しまうのは気の毒だぜ」

「そうですね――。わたしは自分がもうすぐ死ぬっていう立場に立ったことがない」

「女郎たちにしたってそうさ。どんなに辛い思いをしてきたか、想像することしかできないし、きっとその想像も実際の出来事の百分の一も分かっちゃいないんだ。万が一捕まれば、死ぬような折檻（せっかん）が待っている。けれど、その恐怖を押しやって、逃げることを決した――」

「そう考えれば、お庸さんが手助けしてやりたいと思うのも分かります」

松之助がそう言った時、十人目の女が道を横切った。

「全員逃げましたね――。でも、実家に帰ったらすぐに捕まるでしょうね」

「帰りゃしねぇさ。家のほうでも女衒に売った娘が帰ってくるのは気まずかろうし、隣近所の目もある」

「でも、女郎屋の連中が押し掛けませんか？」

「うん……」と庸は顔を曇らせる。

「どれだけ家が困っていたかは娘たちも分かっていたろうが、自分を売ったという恨みはどこかに残っているのかもしれねぇな。自分が逃げたことで家族が責められることより、自分の身を救うことのほうが大事だったってことだろうよ」

男の人影が道に駆け出した。

男は道の真ん中で立ち止まり、庸と松之助が隠れている辺りに顔を向ける。

庸はその男と目が合った気がした。

男はすぐに駆け出して路地に消えた。

「信輔さんですね」

「たぶんな」

「こっちを見てお辞儀してましたね」

「そう見えただけじゃねぇか。おいらにはただ立ち止まったようにしか見えなかった」

「いえ。きっとお庸さんが様子を見に来ていることに気づいたんですよ」

「すぐにバレるような隠れ方はしてねぇよ。さぁ、帰ろうぜ」

「え？　千駄ヶ谷の百姓家へは行ってみないんですか？」

「行ってなんになるよ。布団を敷いてやるのか？　おいらたちに出来ることはないんだよ」

そう言うと、庸は走り出した。

次の日の昼、年寄が二人、三組の布団を荷車に載せて現れた。二人は千駄ヶ谷の百姓家で見た年寄であった。

庸は余計なことは話さずに、三組分の布団の損料を受け取った。

あの夜から二日目、綾太郎が追いかけ屋として両国出店を訪れ、庸に一枚の読売を渡した。

それには、あの夜に起きた内藤新宿の足抜けについて書かれていた。

女郎に逃げられたのは俵屋（たわらや）という女郎屋であった。楼主と使用人全員が薬で眠らされ、そこで働いていた女郎十人が逃げ出したのだという。

俵屋は女郎たちの扱いが酷いことで有名だったようだ。読売は『毒を盛られなかったのは女郎たちの情けであろう』という文で締められていた。

「俵屋は、物騒な連中を雇って女郎たちを探しているようだが、一人も見つかってないらしい」

綾太郎は言った。

「信輔は?」

庸は訊いた。

「けろっとした顔で内藤新宿にいるよ。俵屋の楼主が相談に行ったようだが、親身になって助言したらしい。どんな話をしたのか聞きたかったぜ」

綾太郎は笑う。

「女たちはまだあの百姓家にいるんでしょうかね」

茶を運んできた松之助が言う。

「布団が三組返ってきたから三人は旅立ったろう」

「全員一緒に逃げれば目立ってすぐに捕まる。だから、小分けに逃げているんだな」

綾太郎が肯いた。

「お庸ちゃん、様子を見に行っちゃ駄目だぜ」

「行かねぇよ。危ないのは松之助だ。あの晩も様子を見に行きたがった」

「なんでぇ、お庸ちゃん、足抜けを確かめに行ったのかい?」

綾太郎はニヤニヤしながら言う。

「おいらが行くだろうと思って、どこかで見張っていたんじゃないのか?」

「そんなことはしねぇよ。清五郎さんとか半蔵さんはどうか知らねぇけど」

綾太郎は茶を啜る。

「なに？　清五郎さまが来てたのか？」

庸は眉をひそめる。

「本人に訊いてみなよ。手は貸さねぇが、様子は見に行くだろうって、おれでも予想がつくからな。清五郎さんはお見通しだろうぜ」

「訊いたってはぐらかされるだけさ」

庸は鼻に皺を寄せた。

布団は連日であったり数日あけたりと、半月余りで最後の一組が返された。
ずっと布団を運び続けていた老人たちは、その日も話をすることもなく、損料を払って帰っていった。
読売は、時々思い出したように女郎の足抜けの続報を出した。俵屋に新しい女郎が入ったとか、話題の俵屋で遊んでみようという酔狂者で賑わっているとかは書かれていたが、逃げた女郎が見つかったという話はなかった。
最後の布団が返された翌日、振り分け荷物を肩にかけた旅姿の男が両国出店の土間に立った。菅笠（すげがさ）の下から現れた顔は信輔であった。

てきた。

「よぉ、久しぶりだな」

庸は言った。松之助は茶を淹れに奥へ入る。今日の追いかけ屋、綾太郎が裏から出てきた。

「旅に出るのかい？」

綾太郎は訊いた。

「ああ。いよいよ終わりが見えてきたから、周りに迷惑をかけねぇようにな」

「痛むのかい？」

庸は眉を八の字にした。

「ほれ、その顔よ」信輔は庸を指差して笑った。

「お前ぇ、気になって足抜けの様子を見に来たろ」

「ほら、やっぱり気がついていたんですよ」

松之助が信輔の横に茶碗を置きながら言った。

「そういうお前ぇのことだから、おれが伏せったって聞いたらちょくちょく見舞いに来るに違いねぇ。おれが来るなと言えば従うだろうが、ますます気になるに違いねぇ。こっちもお前ぇに気を遣わせてることが気になる。だから旅に出ることにしたんだよ」

「そういうことは言わずにいなくなるもんだぜ」

庸は下唇を突き出した。

「言わずに消えればそれも気になるだろうが。だから、きっちり始末をつけてから消えようと思ったんだ。色々訊きてぇこともあるだろ？」

「ありますとも」松之助が言う。

「女郎たちが逃げたら、その家の者に迷惑がかかるんじゃないですか？」

「そういうことはちゃんと考えてるよ」信輔は笑う。

「いつの頃からか、女郎屋に売る女たちに入れ知恵をするようになった。楼主には偽の在所を教えるから、お前ぇたちもそれで通せ。お前ぇたちが足抜けしたとしても、家に迷惑はかからねぇってな」

「仏心が出たかい」

庸は訊いた。

「さて、どうかな――」信輔は首を傾げながら頭を掻いた。

「おれにもよく分からねぇ」

「女衒って商売が合ってなかったんだろうよ」

「いや。人助けだと思ってやってた」

「人助け？」松之助は怒ったような顔になる。

「女衒は人買いじゃないですか。そのどこが人助けなんです？」

「お前ぇ、食わなきゃ死ぬってことを、身を以て感じたこと、ねぇだろう？　水呑百姓ってのは、生きるか死ぬかのギリギリで生きてるんだ。食うに困っても家の中に質に出せる物や売れる物なんてねぇんだぜ。娘が身を売らなきゃ全員が餓え死にする。娘を売れば、娘も、残った家族も生き延びることが出来る。だがよう、人売り、人買いは御法度だ。奉公先を紹介してやるって方便で、娘を売ってやる奴がいねぇと、田舎の村は飢え死にした死骸の山ができる」

「御政道をなんとかしなきゃどうにもならねぇ」庸は唇を噛む。

「金は持っている奴のところにだけ溜まっていくんだ」

「そう簡単にはいかねぇよ。水ってのは高いところから低いところに流れるだろ。金も同じだ。持っている奴がいねぇと流れねぇんだよ」

「うん……」庸は気を取り直して訊く。

「娘らは江戸を出たんだろ？」

庸は女郎という言葉を使わなかった。女郎屋を逃げた娘たちは、もう女郎ではないと気づいたからだった。

「出た奴も留まった奴もいる。お互いに辛い思いはしたくないって言って故郷に帰る奴は一人もいねぇ」

「道中手形はどうした？」

「長年、女衒なんて商売をやっているとよ、色々な奴と知り合いになる。あちこちの町役なんかともな。ちゃんとしたやつを用意してやった。在所と名前は偽ったがな。路銀はおれの金を分けた。残りの命じゃ使い切れない分をな。着物もあらかじめ用意した」

「おいらは――」庸は溜息交じりに言う。

「人助けをする時によく迷う。こいつらを助けたとして、同じような思いをしているもっと多くの者は助けることが出来ねぇ。そいつらも助けてやらねぇと、本当の人助けじゃねぇってさ」

「一人助けただけで人助けをしたと満足している奴よりよっぽどましだぜ。だけど、そういう迷いを持ってるお前ぇなら、なぜ俵屋の女郎だけを助けたのかって思ってるだろうな」

「そうだ。お前ぇが売った娘はもっとたくさんいるだろう」

「そうさ。だが全員を助けることなんてできねぇ。一番惨めな暮らしをしている奴らをと思ったんだ。富籤は買った者にしか当たらねぇし、当たるのは一握りさ」

「富籤か――」

「迷いは消えねぇだろうが、お前ぇさんもそう割り切ったらどうでぇ」

「そうだな――」

言って顔を上げた庸に、

「行く先は訊くんじゃねぇよ」

と信輔は笑った。

「お前ぇのことだから、探して遺骸を引き取ろうなんて考えるかもしれねぇってお見通しよ。いよいよって時は山に入って、狼の餌になるつもりさ。綺麗さっぱりこの世とおさらばするのよ」

「凄い覚悟だな」

庸は痛ましげに信輔を見た。

「そんなことはねぇよ。おれの命の締めくくりには相応しい死に様さ。別に卑下しているわけじゃねぇぜ。自分を罰しようと思っているわけでもねぇ」

信輔は明るく笑った。そして、

「じゃあな」

と短く言うと、くるりと背を向けて土間を出て行った。

交わされた会話の内容から比べれば、『また来るぜ』という言葉が聞こえてきそうな、あっさりとした別れだった。

新しく女郎を入れて物好きたちでしばらくは繁盛した俵屋だったが、世間が飽きるのに合わせて客も減っていき、信輔が旅立ってすぐに店は潰れた。

逃げた女郎らの行方は杳として知れない。

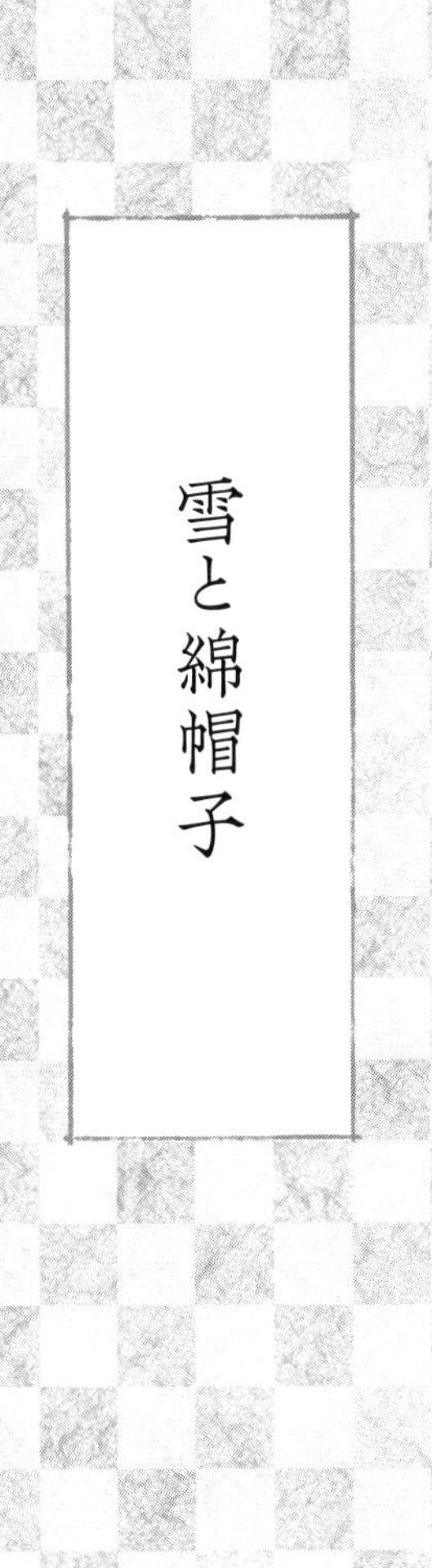

雪と綿帽子

一

三、四日曇りが続き、やっと晴れた日、江戸から見える富士の高嶺は白いものを被っていた。

ついにそういう季節が来るのかと、朝の間江戸の人々は仕事の手を休めて眺めていたが、昼を過ぎる頃、初冠雪はほとんど消えてしまった。

そろそろ冬の準備をしなければならないと思った人々も、雪が消えてしまうと忘れてしまって、湊屋両国出店に暖をとる道具を借りに来る者たちは少なかった。

そんな日の夕方。

身なりのいい侍が土間に立った。

「久しいのう」好々爺然とした笑みを浮かべ、侍は言った。

「橘　喜左衛門だ」

「覚えてるよ」

庸は警戒しながら言う。

橘喜左衛門——。陸奥国神坂家二万石の江戸家老である。

二人のやり取りを聞いて、奥から松之助が現れ、「お久しぶりでございます」と頭を下げた。

今日の追いかけ屋は綾太郎であった。神坂家が庸を女中にしたいと言ってきている話は知っていたから、帳場の裏の小部屋で綾太郎は耳をそばだてた。

「女中の話は清五郎に棚上げにされたから、今日はその話ではない」橋は先回りして言った。

「何を借りてぇ？」

「借りたい物があるのだ」

「花嫁装束」

貸し物屋は、各種衣装も扱っていた。

「お大名が婚礼の衣装を借りてすまそうってのか？」

「神坂家の婚礼ではない。奥方さま付きの腰元の婚礼でな。そういう場合、代々伝わっている衣装を着せることにしておるのだ。初代の奥方さまが作らせたもので、それを着て輿入れすれば婚家の家運が上昇するという話も伝わっておる」

「なら、それを使やぁいいじゃねぇか」

「それが、そういうわけにはいかんのだ。今、京へ直しに出しておる」

「直しが終わって戻るのを待たせりゃあいいじゃないか」

「それも、そうもいかん」そこで橋は声をひそめる。

「産み月が近いものでな」

「子が生まれる前に婚礼を挙げたいってか」

「さる大家のご次男。こちらの屋敷にお遊びにいらした時に、少々悪戯(いたずら)が過ぎたようでな。輿入れさせることで話がついた」

「ウチにも婚礼衣装がないわけじゃねぇが、町人が使うもんだぜ」

「事情が事情であるからな。口が固いと分かっているところへと思った」

「だから、ウチには町人が使うようなものしかねぇって言ってるんだよ。どうしてもって言うんなら、本店(ほんだな)に回ってくんな。最初から本店へ行きゃあよかったのに、なぜ両国出店に来た？」

「その腰元、其方(そち)と背格好がそっくりなのだ。しっかりと合わせてから持ってきてもらおうと思ってな」

「神坂家で使っているお針子がいるだろう。そいつに直させりゃいいだろう」

ああ言えばこう言う庸に橘はついに苛立ちを露わにして、

「余計な詮索はせずともよい。ともかく着るばかりになった装束が必要なのだ」

と言った。

「ふん――」何にしろ、ウチを訪ねる口実に違いないと庸は思った。

「それじゃあ、本店に行って、相応(ふさわ)しい婚礼衣装があるかどうか確かめて来る」

庸が言うと、橘は即座に、

「おお、そうしてもらえるとありがたい」

と答えた。本店に知られたくないということではないらしい。

「いつ届ければいい？」

「二十日後ではどうだ？」

「本店に在庫がなければ、おそらく清五郎さまは仕立てて用意なさるだろう。色々打ち合わせて知らせをやる」

「知らせは手前が」

松之助がすぐに口を挟んだ。

「知らせは其方でよいが、装束は店主に届けてもらいたい」

つまり、両国出店に依頼したのだから、店主である庸が届けるようにということである。

「間違いがあっちゃいけねぇから、付き添いをつけるぜ」

「何人でも」橘は微笑んだ。

「なんなら湊屋清五郎が付き添いでも構わぬぞ」

「何もやましいことはないと言いたいかい」

「其方を女中にと考えたのは、賢さと誠実さに打たれたからであって、何もやましいことは考えておらぬ」

「今回は女中の話は聞かねぇからな」

「もちろんだ。だから、清五郎に棚上げされたと言うたであろう」

「分かった」

庸が言うと、橘は満足げに肯き、「では、よろしく頼む」と言って出て行った。

「胡散臭(うさんくせ)ぇな」

綾太郎が帳場の裏から出てきて言った。

「まぁ、品物を届けたらさっさと帰るさ。付き添いをつければ、下手(へた)に手は出せねぇだろうよ」庸は立ち上がる。

「松之助、本店へ出かけてくるから店を頼む」

「念のために用心棒をするぜ」

綾太郎は土間に降りる庸を追った。

二

新鳥越町の湊屋本店――。広い敷地の奥まった百姓家風の離れの一棟で、庸は清五郎に橘喜左衛門の訪問を報告した。

「花嫁装束か――」清五郎は銀延煙管(ぎんのべぎせる)を吹かしながら言う。

「お庸と同じ背格好の腰元というのが面白ぇな」

「おそらく、両国出店に依頼する下手な口実かと思ったのですが――」

庸は首を傾げる。

「屋敷に呼び寄せて装束を着せ、無理やり誰かと婚礼をとか?」

清五郎の後ろに控えた半蔵が言う。

「そういう企てなら、わざわざ両国出店に装束を借りには来ないでしょう」

「いや、自分が持ってきた装束を着させて、望みもしない祝言を挙げさせるって趣向なのかもしれないぜ」

清五郎が面白そうに言う。

「そんな……」

庸は顔色を悪くする。

「そんなことはさせやせんぜ」

板敷の端に控えていた綾太郎が恐い顔をして言った。

「まぁ、おれが付き添いでもいいと言うのなら、それはなかろうがな」

清五郎は煙管の灰を囲炉裏に落とす。

「お庸と同じ背格好の腰元がいるかどうかを確かめてみましょう」

半蔵が言う。

「その腰元の婚礼についてもな」清五郎は言い、次いで庸に顔を向けた。

「花嫁装束は、ウチの蔵から持って行きな。とめ婆さんの居場所は三治が知っている」

とめ婆さんとは、湊屋本店の装束係で、装束蔵の隅から隅まで知っている老女であった。三治は本店の通用口の番人である。

「付添人や装束を屋敷に運ぶ手筈は後で決めようぜ」

「承知しました」

庸は言って、綾太郎と共に離れを出た。

庸は三治に言われた蔵を訪れた。

扉が開いていて、中に人影が二つ動いていた。

「ごめんよ。とめ婆さんはいるかい？」

庸が訊くと「ここでございます」と若い女の声がした。

すぐに見知った女中が渋塗りの帖紙(たとうがみ)を抱えて出てきた。「お先に」と店のほうへ小走りに向かう。

その後ろから生成(きなり)の麻の小袖に裁付袴(たっつけばかま)、襷(たすき)掛けの小柄な老女が現れた。

「お庸かい」言ってとめは庸の後ろの綾太郎を見て「どなたさんだい？」と訊いた。

「おいらの友達。綾太郎って言うんだ」

「蔭間(かげま)だね？」

髪型、服装を見てとめは訊く。

「そうだよ」綾太郎は答える。

「嫌いかい？」

「好きとか嫌いとか考えたこともないね。知り合いに何人かいるが、着物の目利きだから学ぶことも多い」

「そうかい。安心した」

綾太郎はニッコリと笑った。

「今日は何が欲しい？」

とめは庸に訊いた。

「大名屋敷の奥方付きの腰元の婚礼があるんだそうだ――」

庸は子細を語った。

「なるほど。神坂家絡みかい。旦那から話は聞いてるよ。お前さんにちょっかいを出してくるんだって？」

「女中として借りたいって話なんだけど、清五郎さまの読みじゃあ、裏がありそうなんだ」

「付き添いは何人でもいいんだったら、あたしも連れて行け」

「危ないことになるかもしれないぜ」

「これでも武家の出だ。武芸の心得はあるさ」

とめはポンと胸を叩いた。武家の出というのは嘘か本当か分からなかったが、日頃の身のこなしを見ていると年寄のわりにきびきびとしており、確かに武芸の心得はありそうだった。

「分かった。よろしく頼むよ――。で、花嫁装束の用意をしてもらえるかい」

「中に入りな。綾太郎も一緒に」

「いいのかい」

綾太郎は嬉しそうに庸について蔵に入った。

「京で足利氏が将軍をしていた頃から、花嫁装束は白無垢だ」

とめは言いながら蔵の奥の長持の前に立った。すると、とめと同じ扮装の若い娘が二人出てきて長持の蓋を開ける。

帖紙に包まれた物が幾つも重ねられていた。とめはその中の一つを開いた。畳まれた白い絹の着物が現れた。

「これは練絹の小袖。この上に幸菱模様の白い打掛を重ねる。それは今でもほとんど変わらないが、将軍家は公家を真似て緋の袴に唐衣や裳をつける。大名家は緋の袴に白い打掛。頭から被衣を被る――。被衣とは、頭から被る衣だが、ずいぶん以前から廃れて、この頃は綿帽子を用いることもある。練絹の白小袖、白綾小袖を重ね、幸菱模様の白帯。白練絹の被衣、あるいは綿帽子と、まさに白無垢さ」

「装束が真っ白なのは、本日からこの家の家風に染まりますという意味だね」

綾太郎が言った。

「まぁ、間違いではないが」とめが言う。

「古来、白というものは、大元とか物事の始まりとか、そういう素の状態を指す。万物は廻るという考えから、白から始まり白に還る――。白は始まりの色であり、終わりの色でもあるのだ」

「ああ、死に装束も白だね」

庸が言う。

「親の元に生まれ、婚礼によって親との暮らしが終わる。そして婚家での新しい暮らしが始まる。白無垢とはそういう意味なのだ」

「そうなのか」綾太郎は大きく肯く。

「白無垢も綺麗だが、おれは色直しの打掛が華やかで好きだな」

「色直しの打掛も別の長持にあるぞ。白地、赤地、黒地に華やかな吉祥模様が入る。だが、色直しの打掛は婚家が用意するものだ。嫁方が用意するのは白無垢のみ」

「そうかい。そのうち見せてくれねぇかな」

綾太郎が言った。

「好きな時に来るがいい。こっちが暇ならば見せてやろう。忙しかったら仕事を手伝ってもらった後、見せてやる」

とめは微笑みながら言う。

「ありがてぇ。目の保養になるぜ」

綾太郎は笑って肯いた。

とめは二人の娘に指示して、長持の中から〈極上〉と書かれた帖紙の包みを三つ出させた。その後、もう一着の小袖と、帯と被衣を選び、三組の花嫁装束を用意した。その一つを持ってきて、奥に置かれた二畳の畳の上に庸を立たせた。

「着物を脱げ」

とめが言う。

「綾太郎がいる」

庸は首を振った。

「蔭間であろう。気にすることはあるまい」

「両刀なんだよ。おいらに色目を使いやがる」

庸は、ニコニコ笑って側に立っている綾太郎を睨んだ。

「そういうことなら同席は出来ぬな」

とめは追い払うように手を振った。

「あら、残念」

綾太郎は「別の着物を見ていいかい?」訊きながら素直に側を離れる。

「見たらちゃんと畳んで片づけるんだぞ」

とめの注意に可愛い声で返事すると、綾太郎は棚の迷宮の中に入り込んでいった。

「襦袢(じゅばん)も合わせるからスッポンポンになりな」

とめは言った。

庸は躊躇(ためら)う様子もなく腰巻きだけの姿になる。

背中に大きな刀傷があった。周囲の皮膚が桃色に引きつっていた。両親を殺した押し込み強盗に斬られた傷である。

とめはそれに目を向けて眉根を寄せたが何も言わなかった。

「初めて見たんだっけ？」

庸は訊いた。

「ああ。痛かったろうな」

「斬られた時のことはよく覚えてないけど、縫われた後はずいぶん長く痛んだ。脇腹の辺りの皮膚はまだ感覚が無いところもあるよ」

「風呂でジロジロ見られないか？」

「行きつけの風呂の連中はもう慣れてるよ」

「そうか。それはよかった――」とめは仕事に戻る。

「花嫁は産み月が近いのだったな」

とめは娘二人に風呂敷と綿を持ってくるよう言って、庸の腹に巻きつけた。

とめと二人の娘は、庸に手早く小袖を着せて丈や裄(ゆき)の長さを測り、まち針で補正していく。

「お庸、背丈はどのくらいだい？」

「五尺（約一五〇センチ）にちょっと足りねぇかな」

「ちょっと？」

「だいぶ……」庸は恥ずかしそうに言う。

「だから髷(まげ)をちょっとだけ高くしてるんだよ」

「まぁ、吉原の太夫(たゆう)だって体のどこかに不満を持ってるもんさ」

「人間ってのは欲張りなんだね。絶世の美女でも不満はある。大金持ちでももっと金を欲しがる」

「誰も彼も欲の塊だな」とめは笑う。

「さぁ、脱いでよいぞ。三組、これに合わせて直しておく。明日には出来る」

「それじゃあ、こうしてくれねぇか」庸は着替えをしながら言う。

「半蔵が色々調べてから、届ける日を決めることになってる。松之助に取りに来させるからそれまで待ってくれ」

「分かった。手筈については清五郎の旦那から聞いておく」

庸は肯いて、蔵の長持を物色している綾太郎に「行くぜ」と声をかけた。

庸が先に蔵を出ると、綾太郎はとめに「おれも付き添いで行くから、その時に会おう」と言って後に続いた。

「お前ぇも来るつもりかい」

庸は蔵の前で立ち止まって訊く。

「当たり前ぇだろう。女中にして不埒(ふらち)なことをしようとしてる野郎のところに行くってんだから、おれが守らずに誰が守る」

綾太郎の鼻息は荒い。

「清五郎さまが来てくれるよ」

庸が嬉しそうに言うと、綾太郎は「うーん」と唸った。

とめに別れの挨拶をして、庸は離れに走る。

清五郎にとめに装束を選んでもらったことを告げて、

「あの――。清五郎さまは神坂の屋敷に付き添ってくださるのですよね？」

と付け足して訊いた。

「そのつもりだよ」

清五郎が煙管を吹かしながら答えると、庸は微笑んで深々と頭を下げた。

「ありがとうございます！　それでは失礼いたします」

踊るような足取りで、庸は綾太郎の元へ戻る。

綾太郎は庸の様子を見て苦い顔をした。

三

松之助が赤坂の榎坂（えのきざか）にある神坂家下屋敷に出かけ、橘に花嫁装束の用意が出来たことを告げると、「すぐに持ってきても構わない」と言われた。

庸からは半蔵が腰元の調べをすると知らされていたので少し時が必要と考え、「明日、明後日は仕事が立て込んでいるので明々後日に届けます」と答えて屋敷を辞した。

すぐに新鳥越町へ向かい、清五郎に報告すると、半蔵の調べを待って、付添人の打ち合わせをすると指示を受けた。

松之助が両国出店に戻ったのは夕刻であった。

「念のために、わたしと綾太郎さんは出店に泊まり込んでお庸さんを守るように言われました」

松之助は報告の後に、清五郎から命じられたことを渋々付け足した。

それを聞き、綾太郎はにんまりと笑う。

「今夜は両手に花の一夜だな」

「馬鹿なこと言ってるんじゃねぇよ」庸は綾太郎を叩く振りをする。

「おいらは大丈夫だから帰んな。いざとなりゃあ、屋根伝いに逃げ出すから」

「旦那さまの話によれば、神坂家は忍びの者も雇っているそうですよ。屋根に出ても無駄じゃないですか？」

「だったら、二人がいても無駄だろうが」

「無駄ってこともなかろうが――」綾太郎は腕組みをして小首を傾げる。

「勘三郎（かんざぶろう）にも手伝ってもらおう」

勘三郎は元盗人（ぬすっと）の蔭間である。

「なんだか大袈裟だな」

庸は眉根を寄せた。

「念のため、念のため」

言って綾太郎は夕暮れの町に飛び出した。

勘三郎は出店の屋根裏で、屋根からの侵入者に備えた。庸は二階の自室に、松之助は帳場裏の小部屋に、綾太郎は店の板敷に夜具を敷いて休んだ。

その夜、襲撃はなかった。

翌日、朝から綾太郎と勘三郎が帳場の裏に詰め、いつも通りの一日が始まった。

半蔵のことだから、仕事の邪魔にならない刻限に報告に来るだろうと思った。つまり、店仕舞いまで待たなければならないだろうと予想はついたが、庸、松之助も、綾太郎、勘三郎も焦れながら夕刻を待った。

空が藍色になって、矢ノ蔵の壁がほの白い姿を夕闇の中に見せる頃、二つの人影が両国出店に向かって歩いて来るのが見えた。

歩き方から清五郎と半蔵だと分かった。

「待たせたな、お庸」

と言いながら、清五郎は土間に入る。

松之助が茶碗を載せた盆を持って来て、板敷に腰掛けた清五郎と半蔵に出した。

帳場の裏から綾太郎と勘三郎が現れる。

半蔵が提げていた風呂敷包みを開く。三段の重箱が二つ現れた。

「腹が減っているだろうと思ってな」

清五郎が蓋を開けると、中には鴨肉を炙ったものや出汁巻き玉子、冬野菜の煮物などが詰められていた。頓食（握り飯）の段もあった。

「こいつは豪勢だ」

綾太郎が歓声を上げる。

松之助が急いで皿と箸を取りに行き、夕餉が始まった。

「神坂家には産み月の近い腰元が確かにいた」半蔵が鱒の塩焼きを口に運びながら言った。

「背格好は庸とほぼ同じ。婚礼の相手は大名家の次男。腰元は神坂家の高知衆の娘だから、まぁ釣り合わぬこともない」

「それでは、裏はなかったので？」

松之助が頓食にかぶりつく。

「いいや」清五郎が言う。

「こっちの調べでは、神坂家に、奥方付きの腰元が輿入れする時、代々伝わる婚礼装束を貸し与えるなんてしきたりはなかった」

「やっぱり、わたしを屋敷に呼び込むための企みだったんですね」

庸は飴色の大根を箸で割った。

「そのようだが、何のためにってのか分からねぇ」

「そのことなんでございますが――」庸が言った。

「先日、とめ婆さんに小袖を着せられた時に思いついたんでございます。神坂家は、わたしの刀傷を確かめようとしているんじゃないかって」

「刀傷――」

清五郎と半蔵が顔を見合わせた。

「なるほど」とすぐに清五郎が口を開いた。

「女中に刀傷があるのは困るか」

「はい。わたしが盗賊に斬られたことは知っているでしょうから、どれほどの傷なのか確かめようとしているのではないでしょうか？　女中として屋敷に入れれば、同じ女中らと共に風呂へ入ることもございましょう。わたしの傷を見れば、宿下がりの時に誰かに面白おかしく話しましょう。するとその話は噂となって広がり、神坂家では刀傷のある女中を雇っているという噂になる」

「なるほど――」綾太郎は三枚目の鴨肉を頬張る。

「若い娘の刀傷。色々と想像を膨らませる野郎が多ございましょうね。色恋沙汰で斬られたとか――。そんな者を奉公させているのかって、大名家にとっちゃありがたくない噂ですね」

「腰元らが着替えさせているところを覗いて、お庸の裸を見るという目的ならば、なるほど大勢の付添人を連れていっても構わないってわけだ」

　清五郎の言葉にお庸は顔を赤くする。

「清五郎さま。言い方がございましょう」

「どうします？　お庸さん」松之助が眉をひそめる。

「そんな奴らに傷を見せるのは……」

「見せたって減るもんじゃねぇし、増えるもんでもねぇ」庸はボソッと言う。

「だが、癪にはさわる。傷が気になるなら女中に借り受けてぇなんて言わなきゃいいんだ」

「何か考えがあるのか？」

　清五郎が訊いた。

「はい」

　庸は声をひそめて策を語った。

　一同は食事をとめて頭を寄せた。

「なるほど。それはいい」

　清五郎はニヤリと笑った。

「着替えの間には、とめ婆さんと綾太郎についてもらいます。そのほかの配置は清五郎さまにお任せします」

「お庸」

半蔵が急に真面目な顔に戻ったので、庸は背筋を伸ばして、「はい」と答えた。

「怒られることを承知で言うが、いいか？」

「はい……」

何を言われるのかと庸は緊張した。

「傷痕を見せてやるってのも手の一つだ」

「えっ……？」

「お前の傷を奴らに見せてやれば、女中の話は消えるかもしれぬ。そうすれば二度と橘は姿を現さない」

「そいつは酷だぜ、半蔵さん」綾太郎が言った。

「お前ぇさんは男だから、刀傷の一つや二つと思うだろうが、女は違う。ちっちゃい面皰（顔のニキビ）の跡でさえ気になるんだよ」

綾太郎の言葉に、半蔵はばつの悪そうな顔をした。

「半蔵さんがわたしのことを考えて言ってくれたのはありがたく思います」庸は微笑みを浮かべる。

「確かに半蔵さんの言う通りだとも思います。けれど、暮らしていくために必要なことで傷を見られるのは構いませんが、それ以外で傷を晒すのは、まだ心構えが出来ておりません。連中の前で諸肌を脱いで背中の傷を見せて啖呵を切ってやれれば胸がすくとは思いますが——。せっかくの策ですが、未熟者のわたしには出来ないことです」

「うむ。すまなかった。お庸、忘れてくれ」

半蔵は深く頭を下げた。

「半蔵も未熟者だったってことだ」清五郎が言った。

「後から綾太郎に奢ってやれ」

「そのように」

半蔵は後ろ首を掻いた。

二階の自室で夜具に横になっても、庸はなかなか寝付けなかった。今日も勘三郎は屋根裏、松之助と綾太郎が一階を見張っている。

半蔵が言った策が一番だとは思う。

上半身裸になって、橘に背中の刀傷を見せ、

『こんな傷があるんだから、女中にするのは諦めな!』

と啖呵を切る自分を想像してみる。

考えただけで心の臓の鼓動が速くなった。

羞恥が全身を熱くする。

自分には出来そうもない。

もう少し年を取れば――。

二十歳とか、二十五とか――。大年増と呼ばれる年になれば出来るかもしれない。

出来ないと宣言したことをやってのければ、清五郎に見直してもらえるかもしれないと、ちらっと考えた。

おそらく直前で怖じ気づいてしまうだろう――。

何の話題であったか、以前実家のなかという女中と話していて、『そんなこと、男を知れば恥ずかしくなくなりますよ』と言われたことがあった。

なかは年が近かったので、庸は『おなかちゃん、男を知ってるの？』と驚いて訊いた。

なかは『まさか』と言い、二人で大笑いした。

この話をなかにすればまた、『男を知れば恥ずかしくなくなりますよ』と言うだろうか。

庸はふっと笑った。

背伸びはすまい。今できることを精一杯すればいい。

なんだか、悩むといつも同じことを思いつき、安心しているような気がする。

ということはつまり、身についていないということか――。

庸は微睡(まどろ)みの中に落ちていった。

四

空が明るくなりかけた頃、庸は起きて身支度を整えた。昨夜のうちに火熨斗で皺を伸ばしておいたいつもの半纏と裁付袴、小袖。けれどいつもと勝手が違ったので、少し手こずり、一階に下りると、すでに松之助と綾太郎は起きていて、店の前の掃除をしていた。

「おはよう。すまねぇな。おいらは朝餉の用意をするぜ」

「お庸ちゃんが起きたから、もう勘三郎が降りて始めてると思うぜ」

綾太郎が落ち葉を掃き集めながら言った。

「そうかい。じゃあ手伝って来る」

庸は小走りに台所へ向かった。

勘三郎は竃の火を熾していた。

「ありがとうよ」

庸は言って、大根を手に取り、裏の井戸へ走った。

大根の味噌汁と漬け物、メザシ、白飯で朝餉を終えて庸が帳場に座った時、店の正面、横山町の通りを長持を担いで来る一団が目に入った。

先頭を歩いて来るのは清五郎。担ぎ手は中間の格好をした若者二人――。

中間とは武家の奉公人である。身分が雑用をする下男の上、足軽の下ということから、中間と呼ばれた。雇われたのは町人や百姓などで、臨時雇いの渡り中間と呼ばれる者たちもいた。

服装は家紋の入った六尺法被に梵天帯。腰の背中側に装飾された木刀を差す。

二人の長持担ぎの法被は丸に湊の紋を染め抜いた藍染めである。尻端折りをして、白の半股引を穿いていた。半股引とは、現代では祭で御輿を担ぐ若衆などが穿く、腿丈の白い股引である。

中間姿の二人は、庸の弟の幸太郎、実家の見習い大工の甚八であった。長持の横にはとめがつき、しんがりには半蔵がついている。

庸たちは店を出て一同を迎えた。

「姉ちゃん、久しぶり」

真っ黒に陽に焼けた幸太郎は白い歯を見せた。

「お前ぇ仕事は？」

庸は訊いた。幸太郎は実家を継ぐために、高名な棟梁、仁座右衛門の弟子となって修業している。

「今日だけ休みをもらったよ。松之助さんに姉ちゃんの一大事だって訊いてさ」

「すみません」松之助が頭を下げる。

「長持の担ぎ手は誰がいいかと考えた時に、パッと思いついたのが幸太郎さんと甚八さんだったんで昨夜に神田大工町までひとっ走りしました」

「その格好も松之助の指示かい」

「いや」幸太郎が首を振る。

「得物を持ってたほうがいいと思ってさ。だけど清五郎さんのように大刀を差し落とすわけにもいかねぇ。中間だったら、背中に短いけど木刀を差せるって思いついて、湊屋さんから借りた」

「木刀じゃ心許ねぇな。素人が刃物を振り回すのも心配だけど――」

庸は眉をひそめて首を振った。

「幸太郎たちに木刀は抜かせないさ」清五郎が言う。

「半蔵の手下が見張っている。危ないとなれば、すぐに飛び出して来る」

「綾太郎、着替えてこい」

とめが綾太郎に風呂敷包みを渡した。

綾太郎は「あいよ」と言って店の奥へ入る。

「しかし、なんで神坂家は姉ちゃんなんかに目をつけたのかねぇ。大名のお女中に、これほど似合わねぇ娘もいねぇと思うんだが」

幸太郎は真剣な顔で首を傾げた。

「殿さまがどこかで見初めたんじゃないですか？　口を開かなきゃ、吉川町小町って呼ばれても不思議はねぇ」

甚八が言う。

「口を開かなきゃは余計でぇ！　褒めるならきっちり褒めやがれ！」

庸は膨れた。

清五郎は本当の理由を知っているのだろうと庸は思っていた。それを話さないのは、自分は知らないほうがいいことだから――。

話すべき時が来れば話してくれるだろうし、その時が来なければいくらせがんでも話してはくれまい。そう考えて深く詮索はせずにいたのだが、そろそろ聞かせてくれてもいいのではないかとも思う。

庸はちらりと清五郎を見る。話の流れから、こちらが訊きたいことを察したのか、清五郎は小さく首を振った。

綾太郎が中から出てきた。生成の麻の小袖と裁付袴、襷掛けである。とめと同じ格好だった。髪は女の髪型、まとめて巻き上げた角ぐる髷（まげ）である。

「わたしの助（すけ）（助手）ということにするが、大丈夫だろうな」

とめは訊く。

「着付けならお任せくださいまし」

女の声色（こわいろ）で綾太郎は答えた。

「松之助と勘三郎は留守番だ」

清五郎は言う。留守を命じられた二人は少し不満そうな顔をしたが「はい」と肯いた。

庸は深く息を吸い込んで一同を見回す。

「それじゃあ、行くぜ」

気合いが入っていつもの口調で言ってしまい、庸は慌てて清五郎を見る。

清五郎は微笑んで見返し、小さく肯いた。

庸は咳払いをして、少し頬を染め、歩き出す。

両国出店から赤坂まではおよそ一里半。日本橋、京橋を渡って、新橋の手前、出雲町辺りで雪が降り始めた。

新橋を渡ると周囲は武家地の白壁である。汐留川沿いに歩き、大名屋敷の長い白壁の前を進む。

「わたしが先触れに参りましょう」

しんがりにいた半蔵が前に来て清五郎に言うと、駆け出した。

庸は背後の守りが気になり後ろを振り向くと、いつの間にか半蔵の配下が歩いていて、庸に目礼した。

榎坂を登り始めると、半蔵が白壁の角に立っているのが見えた。さすがに正門を入るわけにはいかないようで、半蔵は脇の通用門へ庸たちを導いた。

通用門の内側で橘が待っていた。愛想のいい笑みを浮かべて一同を迎える。

「これはこれは湊屋どの。おん自らお出ましとは痛み入る」

橘の笑みが、小馬鹿にしたものに変化したように庸には思えた。貴殿の読みは違うぞ――。そう言っているように庸には感じられた。

そちらの読みは違うとほくそ笑むのだから、別の企みがあるのだ――。

庸たちは長い廊下や庭を見渡せる渡り廊下を進み、奥まった座敷に案内された。

そこは四十畳ほどある座敷を襖で区切った広敷で、襖は開け放たれていた。奥の座敷には中年の腰元二人が控えている。

奥の座敷は最奥に書院、左右は襖で、その向こうにはまだ座敷が続いていそうだった。

庸たちは手前の座敷に座る。

「長持は奥へ」

と橘が指示する。

幸太郎と甚八は長持を奥の座敷に置き、担ぎ棒を抜いて蓋を開け、手前の座敷に戻った。

橘は襖の側に座った。

とめと女装の綾太郎が、二人の腰元と共に長持の中から帖紙の包みを幾つも出した。

「織り柄が違うものを三組持って来ている。好みの物を選べばよい」

とめが言うと、腰元たちは小袖と打掛の帖紙を開いて小声で相談をし、一組を選んだ。

「お庸さま。こちらへ」

腰元の一人が言った。

「なんで？　品物に不都合があったかい？」

「着付けの具合をみとうございます」

「身につける本人を連れてくりゃあいいじゃねぇか」

「昨夜から悪阻がひどく伏せております」

「それじゃあ具合のいい日に出直して来るぜ」

「いいえ。今日でなければ困ります」

「お前さんたち」とめが腰元二人を睨めつける。

「子供を産んだことがないね？」

「はい……」

腰元らは顔を見合わせた。

「悪阻ってのは、子供ができてから二月から四月くらいに出るもんなんだよ。産み月が近いんなら、もう起こらない」

「……具合が悪く、伏せているのは確かでございます。さぁ、お庸さまお召し替えを」

腰元が手招きをする。

綾太郎ととめは、庸に小さく肯いた。

庸はフンッと鼻から息を吹いて立ち上がる。

「姉ちゃん……」

幸太郎が心配そうに庸を見上げた。甚八も同様の顔をしている。

清五郎、半蔵は正座した脇に刀を置いたまま、平然とした顔をしている。

庸は奥の座敷に入る。

腰元二人が襖を閉める。襖の前に座った橘は、清五郎に勝ち誇ったような顔を向けている。

「娘の裸を見るわけにはまいりませんので」

襖が閉じられた奥の座敷では、

「襦袢も着ていただきますから、お召し物はすべてお脱ぎください」

と腰元が言った。

庸は恐い顔をしながら、法被を脱いで畳んだ。そして裁付袴の紐を解く。

綾太郎ととめはそっと庸の側に寄る。

庸はクルッと腰元たちに背を向け、小袖の腰紐を解く。

綾太郎ととめが左右から、庸が小袖を脱ぐのを手伝う。

そして――。

腰元たちの目から庸の体を隠していた小袖を、綾太郎がサッと引いた。

「あっ……」

腰元たちが声を上げる。

庸は白い半股引を穿き、胸の上までサラシを巻いていた。背中の右側に、サラシの下からほんの少し桃色の傷痕が見えていた。

「すまねぇな」庸は背中越しに腰元たちを振り返りながら言う。

「おいらの背中にゃあ、おっきな刀傷があるんだ。サラシの上にちょっと出てるだろ？　これでも娘だからよぉ。他人(ひと)さまに傷を見られるのは嫌なんだよ」

庸は腰元たちに向き直る。

「お前ぇさんらの企みは、おいらを裸にすること。どこかの助平野郎が天井裏か襖の向こう側から覗き見してやがるんだろう？　さぁ、サラシの上に出た傷痕だけでもどれだけ大きな傷かは想像つくだろう。得心いったかい！」

庸が怒鳴ると、綾太郎ととめがさっと左右に走り、襖を開け放った。紋付き姿の侍二人が慌てて後ずさる。

綾太郎ととめは素早く侍に駆け寄ると、ぐいと襟を掴みクルリと身を翻(ひるがえ)して侍を投げ飛ばした。

二人の侍は畳に叩きつけられ、庸の足元まで滑った。

「無礼者！」

二人の侍は腰の殿中差しに手をかける。

「娘の裸を覗き見ていた奴がなにを言いやがる！」

手前の座敷の襖が開き、清五郎と半蔵が滑るように室内に入り、二人の侍の腕を取り、膝で制する。

「さて、橘さま。この始末、どのようになさいます？」

清五郎は、引きつった表情で腰を浮かせている橘に顔を向ける。

「娘の着替えを覗く家臣がいると世間に知られりゃあ物笑いのタネだぜ」

庸は半裸のまま橘に歩み寄る。

「ううむ……」

橘は庸の体から顔を背ける。

「ほれ、目を逸らさずにしっかりと見な」庸は橘に背中を向ける。

「背中に刀傷がある娘は女中として相応しくねぇ。そうだよな」

「うむ……」

「神坂のご家中では女中として雇えぬと、はっきり答えやがれ！」

「女中としては雇えぬ……」

「みんな、聞いたよな！」

庸は問う。

「聞いた！」

真っ先に幸太郎と甚八が応える。

清五郎は「しかとな」と肯く。綾太郎は「はっきり聞いたぜ」と言いながら、庸が脱いだ三筋格子の小袖を小さな肩にかけてやった。

「女中に相応しくねぇと分かったら、もうおいらにちょっかいを出すな。そう約束すれば、娘の裸を覗き見する助平な家臣がいることは黙っていてやる」

庸は小袖を着て、裁付袴を穿く。

「分かった……。約束する」

「よし。それじゃあ、婚礼が終わったら知らせてくれ。装束を取りに来る。助平な仕打ちは腹が立つが、損料(そんりょう)には上乗せしねぇから安心しな」

庸は着替えると、一同を見回し「引き揚げるぜ」と言って座敷を出た。

綾太郎ととめが後に続き、幸太郎と甚八が座敷を出る。最後に清五郎と半蔵が二人の侍を解放する。

清五郎は橘の前に立ち、

「お庸が思っているほど単純な話ではないことは分かっている。そっちの本当の企みについては見当がついているが、お庸に嫌われてしまっちゃあどうしようもなかろう。無かったことにして諦めてしまったほうが利口だと思うぜ」

と言うと、畳に置いた大刀を取って帯に差した。

橘は黙ったまま、座敷を出て行く清五郎と半蔵を見送った。

「橘さま……」

痛そうに腕をさする侍二人が橘に歩み寄り、片膝をつく。

「あの傷、どこまで続いているか確かめなければならぬ」

橘は食いしばった歯の間から言葉を絞り出した。

五

蔭間たちが張り込みをしていたらしく、確かに神坂家に仕える腰元の婚礼はあったと綾太郎が知らせてくれた。神坂家に衣装を運んで半月ほど後であった。

白練絹の被衣ではなく、綿帽子を被っての婚礼であったという。

小雪の降る中、駕籠に乗る花嫁の姿はとても美しかったと、綾太郎はうっとりした顔で伝えてくれた。

貸した花嫁装束は、それから数日後に返された。

中間に長持を担がせて現れたのは、山野騎三郎であった。

訳あって神坂藩を脱藩した浪人であったが、両国出店に行李を借りに来て、お庸と関わり、色々あって今は神坂家の家臣に戻っている。

「お久しぶりでござる」山野は深々と腰を折った。

「その節は、お世話になり申した。先日、当家にお立ち寄りと聞きました。ご挨拶もせずに大変失礼いたしました」

山野は明るく言った。

どうやら、何があったのかは聞かされていない様子だった。

「こっちも急いでいたからな」

庸は詳しい話はしなかった。山野は真っ直ぐな男だから、話せば橘に食ってかかるかもしれない。せっかく侍として神坂家に迎えられたのに、再び浪々の身となるかもしれないことはさせられない。

「これは心ばかりのお詫びの品でござる」

山野は提げていた風呂敷包みを解き、菓子折を庸に手渡した。

一旦断ろうと思ったが、「いらぬ」「受け取れ」のやり取りが長引くだろうと思い、

「ありがたく頂戴するぜ」

と言って押し戴いた。

山野は、上屋敷、中屋敷、下屋敷を回りながら剣術指南をしていると近況を語り、少しだけ世間話をして帰っていった。

花嫁装束が返って来て、これで神坂家との因縁は切れたと思ったが、山野がいるとなると、まだ関わりは続くか――。

嫌な予感を覚えつつも、とりあえず落着としようと庸は思った。

汚れや皺をあらためて、数日陰干しした後、庸は綾太郎と勘三郎に長持を担いでも

らい、本店へ返しに行った。
離れに挨拶に行くと、清五郎は留守だった。
両国出店に戻りながら、庸は後悔を噛みしめる。
半股引とサラシ姿で啖呵を切る姿なんかより――。
「清五郎さまに、白絹の小袖打掛に、綿帽子姿を見てもらいたかったなぁ」
目の前にチラチラと雪が舞い始めた。
空を見上げると、濃い鼠色の雪雲である。
本降りになりそうだった。
庸は後ろを振り向き、綾太郎と勘三郎に、
「急がねぇと、本物の雪帽子を被ることになるぜ」
と言うと走り始めた。
本格的な冬が始まろうとしていた。

本作品は当文庫のための書き下ろしです。